引退賢者はのんびり開拓生活をおくりたい

3

Suzuki Ryuuichi
鈴木竜一
illust. imoniii

ロレッタ
《竜狩り》の異名を持つ、
《黄金世代》の幻の五人目。
長い間、行方知れずに
なっていたが——？
ブリッツ
オーリンの最強の弟子、
《黄金世代》の一人。
剣技も天然ぶりも
最強な騎士。
ウェンデル
オーリンの最強の弟子、
《黄金世代》の一人。
ムードメーカーな
魔《ま》道《どう》具《ぐ》オタク。
エリーゼ
オーリンの最強の弟子、
《黄金世代》の一人。
癒しの魔法が得意な
おっとりお姉さん。
ジャクリーヌ
オーリンの最強の弟子、
《黄金世代》の一人。
強力な魔法と
ツンデレの使い手。

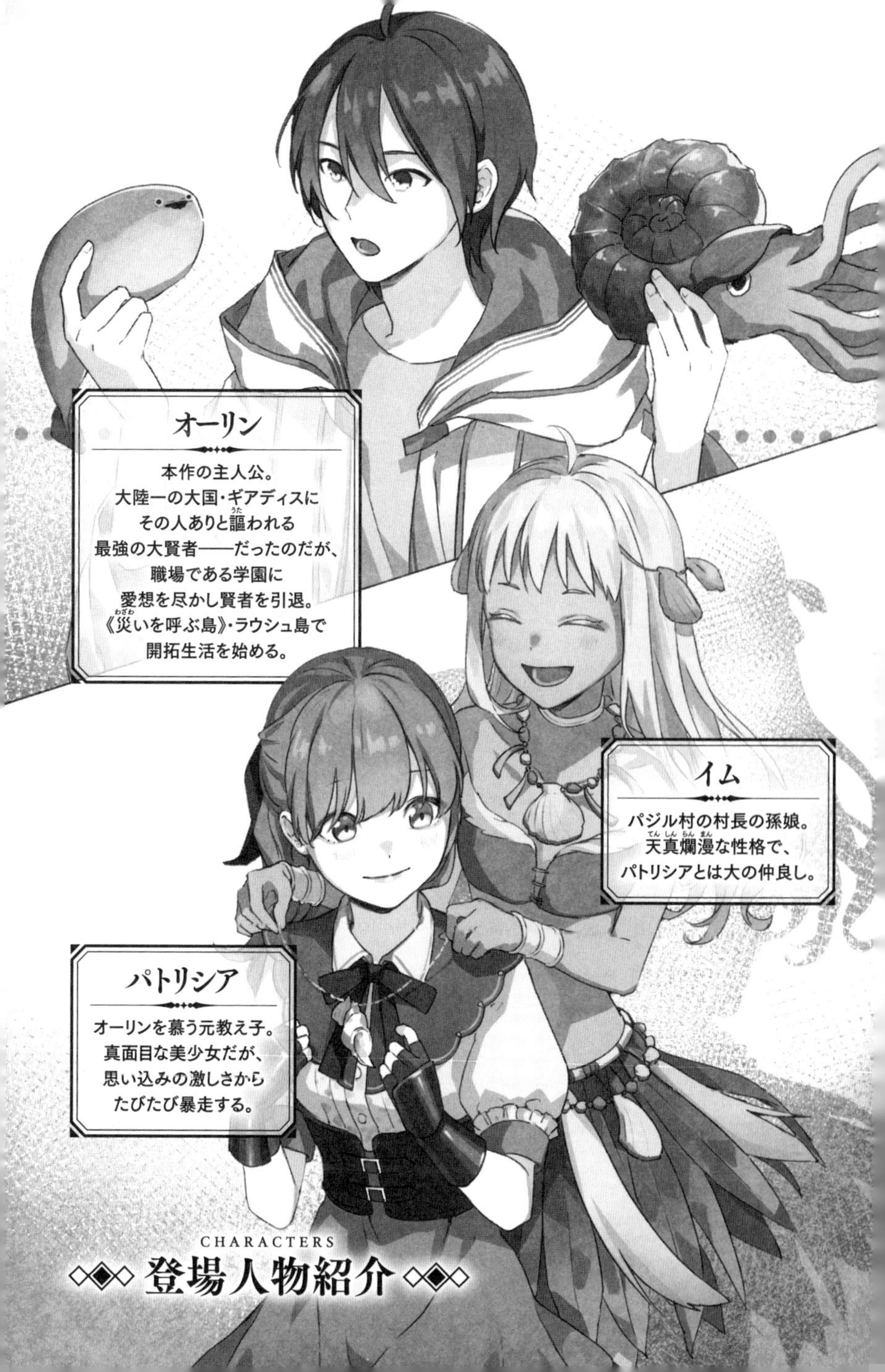
オーリン
本作の主人公。
大陸一の大国・ギアディスに
その人ありと謳《うた》われる
最強の大賢者――だったのだが、
職場である学園に
愛想を尽かし賢者を引退。
《災《わざわ》いを呼ぶ島》・ラウシュ島で
開拓生活を始める。
イム
パジル村の村長の孫娘。
天《てん》真《しん》爛《らん》漫《まん》な性格で、
パトリシアとは大の仲良し。
パトリシア
オーリンを慕う元教え子。
真面目な美少女だが、
思い込みの激しさから
たびたび暴走する。
CHARACTERS
登場人物紹介

第1話　食料確保

俺――オーリンが、故郷の大国ギアディスからこの南の離島、ラウシュ島へ調査のために移り住んで、かれこれ数ヶ月が経とうとしている。

初めてこの島を訪れた際は、絵に描いたような未開の地という印象で、とても人が暮らせるような状態ではなかったな。

あの頃はまだ教え子のパトリシアとふたりきりだったからなんとでもできたが、徐々に人が増えてきてそうも言っていられなくなった。

――が、そこは俺に離島調査を依頼してきた、エストラーダ王国の全面バックアップもあって解消されつつあった。

そのひとつの到達点が、ラウシュ島の拠点の完成である。例の、島で発見した廃墟となった港の近くで土地を切り拓《ひら》き、そこに村を作ったのだ。

まあ、村といっても、まだ人はほとんどいない。

というか、島の調査がメインなのだから、普通の村とはだいぶ異なる。

そもそも村長って立場の人がいないからな。立場上、俺が責任者ということになっているのだが……特に意識はしていないんだよね。

現在この拠点には俺とパトリシア、パジル村の村長の娘のイム、エストラーダ王国の学者のクレール、俺のギアディスでの教え子たちである黄金世代の四人、ブリッツ、エリーゼ、ウェンデル、ジャクリーヌ。

加えてバリー、カーク、リンダのエストラーダ騎士団の若手騎士三人、さらに商人のドネル、魔法使いのルチア、ターナー率いる職人軍団という顔ぶれが揃っている。

これだけの規模では、村と呼ぶには、まだまだ無理があるからな。

実際に村としての機能を果たせるのは、もうちょっと規模が大きくなってからだろう。

†

エストラーダ王国での、黄金世代集結を祝う舞踏会が終わって、しばらく経ったある日の朝。

「うーん……釣れんな」

この日は食料調達の一環としてパトリシア、クレール、エリーゼ、ウェンデルの四人とともに早朝から拠点近くの海に釣りへ来ていた。

舞踏会はエストラーダの悪徳貴族、ミラード卿の反乱により大騒ぎとなったが、黄金世代の活躍により無事解決。

さらに、ギアディスからサイアン神父らが移住してきた。

これについてはいろいろと難しい問題はあるのだろうが、それでもエストラーダ国王は受け入れてくれたのだ。

おかげで親交のあるサイアン神父や子どもたちが、戦争を起こそうと不穏な動きを見せているギアディスの脅威から無事に逃れることができた。本当に、感謝してもしきれないよ。

その恩に報《むく》いるためにも、謎に包まれたラウシュ島の全貌《ぜんぼう》を明らかにするという大いなる目的があるとはいえ、島で手に入りそうな食料などの物資に関しては、基本的にこちらで調達することになっている。

当初はエストラーダからの支援もあった。

今後も続行していくというのが基本路線であったのだが、最近は人数も増えたため、俺の教え子でエストラーダで騎士をしているグローバーとも話し合い、島へ運び入れる物資の量は現状維持となった。

なので、物資量をカバーするために漁や採集をしているのだが、そういった原始的な手段にばかり頼るのではなく、この島に来てすぐにパトリシアとイムによって開墾《かいこん》された畑での栽培や、最近ではターナーと相談して新しく牧場をやろうと計画していた。

まさに自給自足。

まあ、どこまでやれるのかっていう未知の部分はあるけど、いざとなれば港町へ渡って買い物もできるし、そこまで深刻な問題でもないからのんびりやらせてもらうつもりだ。

というわけで、島の調査を続行しつつ、この自然溢《あふ》れるラウシュ島の力を借りた新しい生活スタイルの確立が当面の目標となる。

——で、その足掛かりという意味も込めて釣りへやってきたのだが……

天候は快晴。

気温は暑すぎず寒すぎず。

波も穏やかで緩く吹く潮風が心地よい。

でも、釣果《ちょうか》はお世辞にもいいとは言えなかった。

魔道具技師《まどうぐぎし》であるウェンデルが得意の物作りで人数分の竿《さお》を用意してくれたのだが、どうにも手応えがない。

釣りをするにはこれ以上ないくらい最適な環境なので、当たりが来るまでのんびりと構えていればいいんだけどな。

食料事情を考慮すると、さすがにそこまで悠長に構えてはいられないか。

「この辺りに魚はいないのでしょうか……」

「でも、海に魚がいないなんてことは……」

並んで釣りに挑むエリーゼとパトリシアは、うんともすんとも言わないウキを眺めながらため息を漏らす。

ウェンデルも必死に釣果をあげようとあちらこちら場所を変えて挑んでいるのだが、今のところ結果に結びついていない。

ただ、悪い展開ばかりではない。

「先生！　たくさん採《と》れたよ！」

「ちょっと潜《もぐ》るだけでもかなりの量がありました！」

興奮気味に俺たちのもとへやってきたのはイムとクレール。ふたりの手には木製のバケツがあり、そこには大量の貝が詰め込まれていた。

「凄《すご》いじゃないか。これだけあれば職人たちも満足するよ」

ふたりの活躍により、何も釣れないって事態は免《まぬが》れそうだが……それでもやっぱり魚は欲しいよな。

「イム。パジル村の人たちは海の魚を手に入れるのに何か工夫をしていなかったか？」

「工夫……あっ、それならアレを試してみよう！」

「アレ？」

どうやら、島民であるパジル村の人たちには何かとっておきの策があるらしい。

†

イムはそれを用意するために一度別行動を取り、帰ってきたのは一時間後。

その間も、俺たちの持つ竿はしなることさえなかった。

そして、帰ってきたイム。

この絶望的な状況を変えるためにイムが用意した物とは——

「これだよ！」

バケツ一杯に入った謎の物体だった。

茶色くてドロドロしたそれは手に触れるのが少々ためらわれる。何よりきついのはその臭《にお》いだった。

「うおぉ……な、なかなかパンチの効いた臭いだね」

ウェンデルが顔をしかめる。

だが、それも無理はないとフォローを入れてしまうくらい、強烈な臭いを放っていた。生臭《なぐさ》さと甘ったるさが絶妙に混じり合っている感じで、長時間嗅《か》いでいると体調を崩してしまいそうだ。

しかし、イムはこれこそ漁を成功させるためにパジル村の人々が行う秘策だという。

「そ、それを一体どうするんだ？」

「これを――こうするの！」

イムは持っていたバケツを勢いよく振り、中身を海へとぶちまけた。

「「「「えぇっ⁉」」」」

まさかの行動にウェンデル、エリーゼ、パトリシア、クレールの四人はたまらず叫ぶ。

あのようなとんでもない悪臭を放つ謎の物体を海に放り込むとは予想外だった。これで本当にうまくいくのか？

「イ、イムさん？　さすがにこれはちょっと……」

表情を引きつらせたパトリシアがやんわりと抗議をする。

――が、その時、突然海面がバチャバチャと音を立てた。

「な、何なんですか⁉」

「さ、魚だよ！」

ウェンデルが指さす先には、確かに魚の姿があった。

どういうことだ？

さっきまで影さえ見えなかった魚たちが、まるで湧き出たかのごとく集まりだしている。

というか、この近くにこれほどの数の魚が潜《ひそ》んでいたのか……それなのにまったく釣れないのはやっぱりエサが悪かったのかな。

「――っ！　そうか。エサか」

「エ、エサ？」

不思議そうに尋ねるクレールだが、賢い彼女はすぐに状況を理解した。

「もしかして……さっきイムさんが海に投げ込んだのって……魚をおびき寄せるためのエサだったのですか？」

「そうだよ！」

笑顔で答えるイム。

俺もその結論にたどり着いたのだが、ウェンデルは納得がいっていないようだ。

「あの悪臭放つ物体がエサ？　そんなバカな！」

「魚たちにとって、あれはご馳走《ちそう》の香りなの」

「ア、アレが？」

「うん！」

屈託《くったく》のない笑みで返事をするイムだが、やはりウェンデルは腑《ふ》に落ちない様子。

なら、ここで俺の予想を話してみるとするか。

「イム……あのエサに使われていたのは、魚たちのエサになる小さなエビや強い臭いを放つ果実じゃないか？」

「正解！　さすが先生！」

やはりそうか。

「せ、先生は知っていたんですか、アレの正体を」

「いや、具体的にどんな物であるかについては分からなかったが……強い臭いを放つ果実などで生き物をおびき寄せるという罠《わな》は、他でも用いられるからな。それをパジル村の人たちは長年の経験で見つけ出し、実践したのだろうと思ったまでさ」

「な、なるほど……」

ここでようやくウェンデルも納得したようだ。

「さあ、せっかくこれだけの魚が集まったんだ。今までの分も釣りまくるぞ」

「「はい！」」

竿を持つパトリシア、エリーゼ、ウェンデルとともに、海面で暴れている魚たちへ向かって糸を垂らす。

すると、これまでの静かな状況がまるで嘘だったかのように次々と魚が食いついてくる。

あまり釣りすぎても食べきれないし、下手をしたら生態系に変化をもたらしてしまうかもしれないから、最初に数を決め、それだけを釣るようにした。

†

すると、数十分後。

あれだけ粘《ねば》って一匹も釣れなかったのに、わずかな時間で目標の数に届いたのだ。

「驚いたな……ここまで効果絶大とは」

「でも、気をつけてね。魚が集まるとそれをエサにする大型のサメなんかも集まってくるから、やりすぎには注意しろってお父さんによく言われてるの」

そう言ってくるイム。

「確かに、そういう弊害もありそうだな」

パジル村の人たちのように船を出して漁をしているわけじゃないから、そこまでの被害は出ないのだろうけど、向こうにも迷惑がかかる恐れがあるから頻繁に使うのは避《さ》けたいところだな。

まさに切り札というわけだ。

とにもかくにも、イムの活躍で全員分の魚は確保できた。

今日の昼食はこれで十分だろう。

余れば保存食として加工すればいいからな。

「よし。そろそろ拠点へ戻るか」

釣り具を片づけてから、みんなにそう呼びかけた。


魚と貝がずっしりと詰まったバケツを持って拠点へと帰ってくると、ちょうど港の整備から戻ってきたターナーと出くわす。

「あっ、おかえりなさい——って、大漁じゃないですか!」

「これもみんなイムのおかげだな」

「えへへ〜」

照れ笑いを浮かべるイムだが、実際、今日の釣果は彼女のアイディアで叩き出したようなものだからな。

そんな話をしていると、森からふたりの男女が姿を現した。

狩りに出ていたブリッツとジャクリーヌだ。

「ふたりも帰ってきたか」

「はい……残念ながら、獲物の確保に失敗してしまいました」

「というより、獲物自体が見当たらなかったので確保のしようがありませんわ」

落胆するブリッツにジャクリーヌがそうフォローを入れる。

基本的にツンツンした態度の彼女だが、根は優しく仲間への気遣いができる――が、ブリッツには特別甘いように感じるな。

「そいつはついていなかったな。その分はこちらでカバーするよ」

「おぉ！　こんなにたくさん！」

「さすがですわね、オーリン先生」

「いや、これはイムのおかげだよ」

ここでも話題になるイムの活躍。

それが落ち着くと、今度はウェンデルが切り出した。

「ふたりが手ぶらだったのは他に理由があるんじゃない？」

「……どういう意味ですの？」

「だってさぁ、年頃の男女がふたりだけで他に誰もいない森の中にいたんでしょ？　何かあったんじゃないかなって――」

「はあ!?　何も起きるわけありませんわ！　大体、あなたはわたくしたちがふたりで森に入って何か起きると本気で思っていますの⁉」

「いや、その……ごめんなさい」

「普通に謝らないでくださる⁉」

元気だなぁ、ウェンデルとジャクリーヌは。

俺としては学園時代から見慣れた光景であったが、パトリシアやイムにとってはどうも新鮮に映ったらしい。

「森の中で何かあった……一体何のことでしょうか」

「パトリシアも分からないの？」

「えぇ……クレールさんは心当たりがありますか？　もしご存知でしたらぜひとも教えていただきたいです」

「あたしも！」

「へっ⁉　ど、どうでしょうかねぇ……」

パトリシアとイムからの純粋な質問に困惑して、目が泳ぎまくるクレール。

……まあ、うん。

頑張ってくれ。

しばらくして、気を取り直して昼食の準備に取りかかろうと、イムからたくさんの貝が入ったバケツを受け取った直後——彼女は突然空を見上げた。

「どうかしたのか、イム」

「分からない……けど、このままじゃダメな気がする」

「ダメ？」

眉間にシワを寄せながら、考え込むイム。彼女自身、自分の感じている気配というか、予感めいたものの、正体が不透明で気持ち悪がっているようだ。

「大丈夫ですか、イム」

「う、うん。心配かけてごめんね、パトリシア」

すぐさまパトリシアが駆け寄ってイムを気遣う。

相変わらずいい関係性を築けているようで何よりだ——って、ほっこりしている場合じゃない。

「本当に平気か？　体調面に何か異変があるなら遠慮せずに言ってくれ」

「ありがとう、先生。でも、大丈夫だよ。ちょっとだけ変な感じがしただけだから」

ニコッと微笑《ほほえ》むイム。

何かあれば、エリーゼの治癒魔法で回復させることもできたが……どうやら体調不良を隠しているようでもなさそうだ。

しかし、どうにも気になるな。

彼女はこう……野生の勘というか、本能が鋭く、察知能力に長《た》けている面がある。時にはジャクリーヌの探知魔法よりも先に異変を感じ取ることもあるくらいだ。

そんなイムが何かを感じたのは空だった。

天候に絡む変化を読んだのだろうか。

それともただの気のせい？

いずれにせよ、すぐに答えは出ないだろう。

「先生、早くご飯にしましょうよ！」

「っ！　そ、そうだな」

ウェンデルにせっつかれる形で、俺たちは昼食の準備を始める。

すると、タイミングよくバリーたちが畑から戻ってきた。

彼らは朝から農場管理の仕事に出ており、午後からは俺が視察することになっていた。

「うおっ⁉　凄い食材じゃないですか⁉」

「ご、豪華ですね……」

「魚は私の大好物なんですよ！」

バリー、カーク、リンダの若手騎士三人組は鉄板の上に並んだ新鮮な魚介を前に視線が釘付けとなっている。

その後ろからは商人のドネルと魔法使いのルチアが同じように食材へ熱視線を送っていた。

それにしても、森の食材が手に入らなかったというのは誤算だった。

あのブリッツのことだから、手を抜いたとも考えられないし、そもそも彼をもってしても捕らえられなかったとなったらそれはもう獲物自体が存在しないという結論に至る。

ただ、まったく見かけていないわけじゃないから、島のどこかにはいると思うのだけど……何か理由があるのだろうか。

「先生、貝も魚もいい感じに焼けてきましたよ」

「おっと、そうだな」

パトリシアに言われて、俺は用意しておいた木皿に魚を置いていく。

せっかくの魚を危うく焦がしてしまうところだったよ。

調理した海鮮に舌鼓を打ちながら、俺はカークやドネルたちから農場作りの進捗状況について話を聞いた。

「カーク、農場の方は順調か？」

「絶好調ですよ。なあ、バリー」

「えぇ。王都からいくつか苗《なえ》は送っていただいているので、午後からはそれを植えていこうかと思っています」

「それなら俺も手伝うよ」

「オーリン先生が手伝ってくださるなら作業効率が大幅にアップしますね！　私も負けずに頑張らないと！」

三人の若手騎士は農場の発展に燃えていた。

当初、騎士である自分たちが農作業をするという流れに少なからず不満を抱いていただろう三人だが、今やすっかりそのような雰囲気はなくなった。

心から農業を好きになり、自分たちで案を出し合って工夫している。

農場はこの島の食料事情に大きく関わってくるので、彼らの頑張りにはこれからも大いに期待したいところだ。

一方、ドネルやルチアはまた別の観点から農場を見ていた。

「この島でしか育たない野菜や果物もありそうです。それらの栽培方法が確立できれば、外国の商人たちへのアピールになるのではないでしょうか」

ドネルはいかにも商人らしい角度から分析している。

ルチアの方はというと、こちらもまさに魔法使いらしい独特な見方をしていた。

「農場作りに必要な地属性魔法は不得手なのですが……今回の農場運営を機に、少しでも克服できるよう努力してみます！」

そっち方面からの意見だったか。

アプローチの仕方は別々でも、農場をよくしていきたいという心意気は伝わってくる。

午後から視察に行くのが楽しみになってきたな。

第2話　拠点開発

昼食後。

カーク、バリー、リンダ、ルチア、ドネルの五人とともに、農場へとやってくる。

今回は本人の強い要望もあって、それに加え、パトリシアも同行していた。

黄金世代の四人は近々行う予定の遠征についてルートの確認をするため森へ出ており、クレールとイムは海岸沿いの調査中。ターナーや職人たちは港の整備と、各々が持ち場での仕事に汗を流していた。

その農場だが、この短期間のうちに劇的な進化を遂《と》げている。

パトリシアやイムが手掛けてくれた時も、完成度の高さに感心したものだが、規模からしても家庭菜園サイズであった。

あの頃ならそれで問題なかったが、人数が増えたことにより規模の拡大が求められるが——今の農場は、それを見事に実現している。

「ここまで大きくできたのはみんなのおかげだ。素晴らしい働きだよ」

「我々としてはまだまだ大きくしたいと考えています……ただ、それには少々問題がありまして」

「作業に従事する者の数が足りない……端的に言えば、人手不足ということだろう？」

「っ！　そ、その通りです！」

バリーの抱く懸念については、俺も苦慮していた。

そもそもエストラーダという国自体が小規模で人口が少ない。

港町として発展しており、王都は賑《にぎ》わっているのだが、こちらに人手を回せるほどの余裕はないだろう。

となると、急激に規模を大きくするのは危うい。

この少人数では管理しきれなく可能性が高いのだ。

「ボチボチ王都へ定期報告に行く時期となるから、その際にグローバーへ相談をしてみようと思っている……けど、期待薄だぞ？」

「承知していますよ」

この場にいる五人はエストラーダで生まれ育った、いわば地元出身の若手たち。そういう意味では、俺よりも国の内情について詳しいだろう。

人数が少ないという問題点を抱えつつ、それ以外は至って順調なので慌てる必要はない。

それと……俺としてはもうひとつの牧場の方が気になるな。

「牧場の方はどうなっている？」

「ターナーさんと話して、厩舎《きゅうしゃ》を作る予定ではいます。飼育するのは鶏《にわとり》や山羊《やぎ》などを予定しています」

船で運ぶことになるだろうから、サイズ的にもそれくらいが適当か。

特に、鶏がいてくれたら卵を収穫できる。これは大きいな。

これら家畜についてはドネルが関係各所にかけ合い、入手する予定でいるという。その交渉が一段落つくまで、とりあえずは農場の方を優先してやっていくらしい。

ここの管理は、若い彼らにお任せするつもりだ。

騎士としての知恵や技術が役に立つかどうかはさておき、決して無駄な行為ではないと俺は考える。

農作業は肉体的な鍛錬にもなるし、仲間たちと成功に向けて一致団結することによりチームワークを育《はぐく》めるのだ。

「みなさん、とても気合が入っていますね！　なんだかこっちまで元気が出てきます！」

「まったくだな」

元気を分けてもらえたというパトリシアの意見には同感だ。

この感じ……どことなく、学園時代のブリッツたちを思い出させる。

今後の成長次第ではあるが、もしかしたら……カークたち五人はブリッツたち黄金世代に匹敵する存在となるかもしれないぞ。

†

それから、俺は村からそれほど離れていない場所にある廃墟となっていた港を訪ねた。

農場と牧場は想定よりもずっと順調に進んでいた。

ラウシュ島を探検するための拠点が完成し、次は食料確保が最大の課題ともいえる。なので、バリーやカークたちにはバリバリ働いて美味しい野菜や卵を用意してもらわないとな。

港に着き、ターナーに声を掛ける。

「ターナー、調子はどうだい？」

「あっ、オーリン殿」

呼びかけに反応してこちらへと振り返るターナーだが、どうにも表情が冴《さ》えない。

「何かトラブルでもあったのか？」

「い、いえ、そういうわけではないのですが……正直、どこから手をつけていこうかなと悩んでいまして」

彼がそう思ってしまうのも無理はない。

長年放置されていたそこは、とにかく目につくところすべてがボロボロ。

素人考えだが、ここまでひどい状態となると、いっそ全部解体して一から作り直した方が効率的ではないのかとさえ思えてくる。

「どうするのがベストだろうか」

「……ベースはそのままに、小屋や桟橋といった部分を作り直せば低コストで生まれ変わるのではないでしょうか」

「なるほど」

それがターナーのプランらしい。

「実際にそれは可能なのか？」

「お時間をいただくことになるでしょうが――必ず成功させてみせます」

「頼もしいな。よろしく頼むよ」

「はい！」

こちらは専門職である彼らに任せるとしよう。長らくやっているターナーたちならば、きっとこの港を素晴らしいものとして復活させてくれるはず。

それにしても……改めて周囲を見回すと、本当に何を目的に作られた港なのだろうかという疑問がふつふつと湧いてくる。

恐らく、手掛けたのはエストラーダの先代国王なのだろうが、なぜかここの存在を息子である現国王にすら黙っており、当人は困惑していた。

仮に、これが何か犯罪めいたものであるというなら隠そうという心情も理解できる。

しかし、エストラーダの民にとって未開の地と呼んでいい立地条件を除けば、何の変哲《へんてつ》もない普通の港である。それを先代国王が秘密にしていた理由は何だろう。

この島については国民もずっと気にかけていたのだから、国家事業としてもっと大々的にやっても反対なんてしないだろうし、むしろ支持する層の方が多数派になるはずだ。

俺は……先代国王の取ったこの不可解な行動が、この島の謎を解く大きなヒントになるかもしれないと予測していた。

そしてもうひとり——この島にたどり着いたとされる謎の人物、オズボーン・リデア氏も欠かせないキーパーソンとなるだろう。

ともかく、港が復活して運用できるようになったら、俺たちの活動の選択肢も大幅に増えていく。

†

パトリシアも交じえ、ターナーと港のプランについて話し合っているとあっという間に時間が過ぎていく。

気がつくと夕暮れになっていた。

「おっと、もうこんな時間になってしまったか」

「夢中になっていましたから、気づくのが遅れてしまいましたね」

「でも、有意義な時間でしたよ。おふたりからいただいた意見を参考にして、この港の完成を目指します」

「無理だけはしないようにな」

若き親方であるターナーは、ついつい頑張りすぎてしまう傾向にある。

彼の父親の頃からともに働いている職人たちは全員年上ということもあって、「もっと努力しなければ！」という気持ちが強いようだ。

でも、それで体調を崩してしまっては元も子もない。彼はこの島の調査にとって欠かせない優秀な人材であると同時に、俺たちにとっては友人でもあるからな。

特に黄金世代は年齢も近いとあってかなり親しくなっているし。


ターナーたちは片づけを終えてから拠点に戻ってくるというので、俺とパトリシアはひと足先に帰還。ちょうどイムとクレールも帰ってきたので、今いるメンバーで夕食作りを始めることに。

調理をしながら、拠点周りを視察した内容を頭の中で整理していた。

すべては順風満帆――と、言いたいが、まだまだ準備段階で、エストラーダからの物資に頼らざるを得ない部分も出てくるだろう。

実際、今日の夕食はその物資を材料にしているわけだしね。

人数増加に伴い、食料確保の方法についてもいろいろ考えなくては――

そう結論付けたとほぼ同じタイミングで、ブリッツたちも帰ってきた。

「ただいま戻りました」

「あら、いい匂いじゃない」

「本当だ！　もう歩き回ったからお腹ペコペコなんだよぉ」

「ふふふ、ウェンデルったら」

いつもと同じ空気感で詰め所として使っている屋敷へと入ってきた黄金世代の四人。

心なしか表情が晴れやかに見えるのだが……さては何かを発見したな？

「いい表情をしているけど、何かあったのか？」

「はい。実は果実や山菜がたくさんあるポイントを発見したんです」

「それだけじゃなくて、野生の動物もいたんですよ。今回は確認作業ということで狩ってはこなかったけど、明日改めて挑戦するつもりでいます」

興奮気味に語るブリッツとウェンデル。

食料問題に関して思い悩んでいたところへこの報告は嬉しい限りだ。

「それなら、明日は全員で山菜と果実の収穫、それと狩りに出ようか」

俺が呼びかけると、全員が一斉に声を合わせて返事をする。

舞踏会を通じて交流が深まり、さらには島での共同生活……これら要因が彼らの結束を強めていっているように映った。


それからしばらくして、ターナーたち職人組やカークたち農場組も仕事を終えて詰め所周りに集まってくる。

本日の夕食メニューは野菜と肉がたっぷり入ったスープとエストラーダ産のパン。ちなみにおかわりは自由。

過ごしやすい気候だし、星空も綺麗というわけで今日は外でいただく。

さて、その夕食だが――どちらもおいしいんだけど、特にスープが絶賛の嵐だった。

メインで調理を担当したのはクレールだが、このスープはエストラーダの一般家庭で振る舞われる、いわば郷土料理だという。どうりで俺やパトリシア、黄金世代のメンバーといったギアディス出身者には馴染みがないわけだ。

だが……みんなが絶賛する理由はよく分かる。

トマトベースのスープはちょっと酸味が利いていてうまい。

おまけに野菜がかなり細かく刻み込まれているおかげで、野菜を苦手としているウェンデルでさえ気にせず食べ続けられるのだ。きっと、子どもでも食べやすいようにという配慮からだろう。

「いかがですか、オーリン先生」

「おいしいよ、クレール。君はきっといいお嫁さんになれるね」

「まあ……ありがとうございます」

料理を褒《ほ》められたクレールは上機嫌《じょうきげん》になっているようだけど……そこまでテンション上がるものかな。

彼女の料理がおいしいというのは以前から公言しているはずだが。

「くっ……わ、私も修業しておいしいスープを作れるようにならないと！」

なぜだかクレールに対抗心を燃やすパトリシア。

それを見たイムは「そういう問題じゃないと思うけどなぁ」と何やら意味深な発言をしているが……ダメだ。意図が読めない。

最近の年頃の女の子は本当に難しいな。少なくとも、エリーゼやジャクリーヌの学生時代とはまるで違ったのだが。これも時代の流れか。

しみじみとしながら、俺はブリッツから森の状況を聞く。彼らが今日調べてきたのは俺たちがまだ手をつけていない場所なので、何か新しい発見があるのかと期待して耳を傾ける。

「残念ながら、あらかじめ決めておいた地点までの調査は叶いませんでした」

「そうなのか？」

「思っていたよりも木々が生《お》い茂《しげ》っていて、奥へ足を運ぶのが困難だったんです」

「ジャクリーヌは風魔法で木々を吹っ飛ばそうとするし、もう大変でしたよ」

「ウェンデル……余計な話を挟み込まなくてよろしいですわ」

彼らは彼らで苦労していたようだな。

だが、ブリッツ曰く、ここからが本題らしい。

「しかし、収穫もありました」

「と、いうと？」

「大きな川があったんです。恐らく、島の中心にあるあの大きな山から流れ出ている可能性が高いかと」

「ふむ」

なかなか興味深い話だ。

あの山は、いずれ山頂まで登っていこうと思っていた。近くに川があるなら、周辺に新しい拠点を置いてもいいな。アイディアがどんどん膨らんでいるよ。

それをより具体的なものとするため、明日はブリッツたちと一緒に現場を訪れようと決めた。島の調査もできるし、一石二鳥だな。

もちろん、話を聞いていたパトリシアとイム、クレールの三人も同行する。

島を新たに開拓していく……謎を解くヒントを手に入れらたらいいな。

とにかく、明日が楽しみになってきたな。

†

翌朝。

空には雲ひとつなく、冒険の成功を予感させる快晴だった。

「いい天気だな」

「本当ですね！」

パトリシアとともに詰め所の外へ出ると、心地よい潮風が吹いてくる。

本来ならばピクニックにでも出かけたいところではあるが、そうのんびりもしていられない。島の謎解明は、今やエストラーダ国民からも強い関心を持たれているからな。

おかげで協力を申し出てくれる商人や漁師も増えているとグローバーが教えてくれた。

パジル村の人たちは俺たちともすぐに打ち解けられたし、時間はかかるだろうけど、きっとエストラーダの国民とも仲良くなれるはずだ。

その辺は追々交流の機会を設けるとして……今は探索に力を入れよう。

「先生、こちらは準備が整いました」

軽く準備運動をしていると、ブリッツたちが呼びにやってきた。

すでにイムやクレールも準備は万端のようだな。

俺たちはターナーやカークたちに目的地を伝えてから、森へと入っていった。

昨日、ブリッツたちが通ったという、これまでとは違ったルートを通って進んでいくと、やがて水の流れる音が聞こえてくる。

「この距離から……どうやら、かなり大きな川のようだな」

「えぇ。俺もこれまでに見たことがないほどのサイズでした」

ギアディスにも大きな川はあるけど、それよりもさらに上なのか。

先頭を歩いていくブリッツの後を追っていくと、やがて森を抜け出した。その先には彼の言うように、これまでに見たことのないサイズの川があった。

「こいつは……想像以上だな」

ブリッツが見たことがないなんて言うだけはあるな。

「周囲を可能な限り調べてみたのですが、どうやらこの川の一部が農場や牧場方面に伸びているようです」

「なら、農業用水としても利用できそうだな」

これは朗報だ。

カークたちが頑張って素晴らしい農場にしてくれているが、最大のネックはそこで使う水の確保だった。生活用の水はキープできているので、あとはそちらで使う水をどうするかって話だが、この川のおかげで解決しそうだ。

ただ、ひとつだけ心配な要素がある。

「これだけ大きな川だと、嵐が起きた時の水害が心配だな」

ラウシュ島近辺の海には、毎年数回ほど嵐がやってくるらしい。その際、大雨が降るとどれくらい増水するのか……そこが怖いな。

「俺もそこが不安要素と睨《にら》んでいます」

「こればかりは実際に雨が降らないと把握しきれないな」

少なくとも、この近辺にテントなんかを張らないようにしないといけないな。

第3話　総力調査開始

川の様子を見届けると、さらに奥へ進む。

気になったのは、ここまでモンスターとの遭遇がまったくないという点。

道中は穏やかでこれといったトラブルもなく、非常に安全だった。

ただ、モンスターがまったく存在しないというわけじゃない。

チラチラと見かけるのだが、先頭を黄金世代の四人で固めたところ、モンスターはその強烈なオーラに臆《おく》したのかこちらへ近づこうともしなかった。

まあ、彼らが王立学園に通っていた頃から、漂わせている雰囲気は別格だったが……

卒業し、それぞれの舞台で活躍をした今ではそれがさらに研ぎ澄まされている。エストラーダ舞踏会の際にミラード卿絡みの事件が起きた時も、その力をいかんなく発揮していた。

改めてその凄さを肌で感じるよ。

黄金世代四人の実力に感心しているのは俺だけじゃない。

「戦わずして勝利……これが黄金世代の実力ですね！」

目を輝かせ、憧れの先輩を見つめるパトリシア。

……だが、俺はそのパトリシアこそ、黄金世代の四人を超える逸材と思っている。

本人に自覚はないのだろうが、これからの成長次第で間違いなく黄金世代を凌駕《りょうが》する存在となり得るだろう。

黄金世代超えの可能性を秘めているのは、何もパトリシアだけではない。

イムもまた、彼女に匹敵する才能を持ち合わせていた。

ただ、イムの場合はこれまで専門的な指導を受けてきたわけではないので、現状ではまだまだパトリシアに及ばない。

それでも、高いポテンシャルに加えて持ち前の物覚えの良さとひたむきな努力で、着実に差を埋めつつあった。それにラウシュ島をあちこち駆け回っていただけあって、凄まじい体力を誇っている。

パトリシアも決して体力がないわけではなく、むしろ学園ではトップクラスにスタミナはあったのだが、イムと比較すると平均くらいに見えるから恐ろしい。

最近はパトリシア自身もイムの急激な成長を感じているようで、これまで以上に俺との鍛錬へ熱を入れている——が、両者は険悪な関係というわけではなく、理想的なライバル関係を構築していた。

新たに加わったエストラーダ王国から参加している五人——若手騎士バリーとカークとリンダ、商人のドネル、魔法使いのルチアも、才能豊かで将来有望だ。

ここにいるメンツは、同年代と比べると突出した実力の持ち主ばかりだが、五人はそこに絶望するわけではなく、目標として接しているように見える。

彼らにとっても、プラス効果となったわけだ。


そうこうしているうちに、俺たちはある場所へとたどり着く。

そこは広大な湿原だった。

「あれ？　ここって……前にイムが大蛇《だいじゃ》を倒したところでは？」

「そうだな」

不気味な雰囲気とは対照的に、モンスターが出現してこないと思ったら、ここのヌシともいえる大蛇をイムが秒殺したんだったな……

ここまで来るのにモンスターと遭遇しなかったのはそれも関係しているのかもしれない。

けど、あのルートで進むと湿原に出るのか。

これはただちに地図へと書き込み、情報を共有しよう。

だんだんと詳しい地理が明らかとなってきたな。今後の調査にも役立てそうだ。

「となると、近くにターナーたちが作ってくれた中継地点用の屋敷があるはず」

以前、ターナーたちに作ってもらった屋敷までの距離が近いのは助かるな。

前回この湿原に来た際は大蛇と記念硬貨を発見して終了している。その後も近辺の調査を続けてきたが、あの大河には今まで気づけなかった。

そうなると、まだまだ新しい発見に期待が持てそうだ。


しばらくして、湿原の先にある森に入ると、真っ先に小川が出現。

さっきの大河から分岐してきたものだろうか。近くには小高い丘もあり、周囲を見渡せる環境であることから、ここを調査の拠点地に決めた。

大雨など、状況が変化した時には中継地点の屋敷へ避難すればいいし、本当に便利な存在となってくれたな。

改めてターナーには感謝しないと。

「よし。それじゃあ手分けしてテントの用意をしようか」

俺がそう指示を飛ばすと、すぐさま作業を開始。

この辺の手際のよさはさすがだな。

テント以外にも、ウェンデルお手製の万能家具はジャクリーヌが魔法で生み出した空間にしまっておいたため、それを取り出して配置していく。

これにより、テント生活でありながら快適さが大幅に増した。

「さすがだな、ふたりとも」

「これくらいお安い御用ですよ！」

「調子に乗るんじゃありませんわ」

ウェンデルとジャクリーヌの、このやりとりも変わらないな。

とりあえず、雨風をしのげる寝床の用意が完了。

テントで昼食を取りながら、今後の進路について確認する。

「まだ足を延ばしていないのは……こっちからのルートだが」

「そこは特に草木が鬱蒼《うっそう》としていて、前進するのが難しいですね」

昨日、ブリッツたちがあきらめた場所か――

けど、ここを乗り越えない限り、新しい発見は得られないだろう。

俺たちよりも先に島へ上陸していたと思われるオズボーン・リデア――レゾン王国の副騎士団長である彼の痕跡も、島を探索しているうちに見つかったものだしな。

「なんとかして先に進みたいものだな」

「危険地帯というわけではないので、時間をかければ進むこと自体は可能です。昨日は時間と適した装備がなかったので引き返しましたが……今日はイケます」

冷静に分析し、最後に頼もしい言葉をくれたブリッツ。

後ろで聞いていた他の三人も、「任せてくれ！」と言わんばかりに自信溢れる表情をしていた。

新しい場所への挑戦……本格的に取り組むのは明日からになりそうなので、とりあえず近場から少しずつ状況を把握するために分散して見て回ろう。

今後の行動が決まったので、テントの外に出る――

と、視界に入ったのはイムが空をジッと見つめているところであった。

そういえば、昨日も似たような状況になっていたな。

「イム？　何かあったのか？」

「先生……空が変なような気がする」

「空が？」

何やら上空に異変を感じたというイム。

確認するために俺も見上げてみたが……朝と変わらず、雲ひとつない晴天という印象以外には、別段変わった様子は見受けられない。

「どうしてそう思うんだ？」

「わ、分からないけど……」

感覚的なものというわけか。

これはイムの父親であるセルジさんに話を持っていった方がいいかもしれないな。何か知っているのかもしれないし。

イムの様子は変でパトリシアも心配していた。テントで休息を取ったらどうかと提案するも、体調面に異常はないらしい。

ただ、おかしいと感じたらすぐに知らせるように条件をつけておいた。

「イムさん、気分が悪くなったらすぐに教えてくださいよ」

「うん。その時はお願いね、パトリシア」

「もちろんです！」

仲睦《なかむつ》まじいふたりのやりとりを眺めつつ、俺たちは周辺の調査へと向かうのだった。

そしてその後、集めた情報を持ち寄りテントで話し合う。

入念な調査の結果、いくつか新規ルートになり得そうな場所を発見。

さらに地図と照らし合わせてみたら、意外な事実が明らかとなった。

「うん？　もしかして……農場の北側から回っていけば、湿原を通らずにこちら側へ来られるんじゃないか？」

湿原地帯を無事に通り抜けられたのは黄金世代やイムがいたから。

もしあそこへ別の人間が少数で入り込んだら、モンスターに襲われるかもしれない。

この先にも拠点地を作るとなったら物資を送るための安全なルートが必要になってくるが、農場側からの道がそれにもっとも適している。

ただ、こちらもまだ直接確認したわけではないので、今後の調査対象となってくるだろう。

「農業用水の件も含め、明日はこちらへ向かって進むとするか」

「ならば、あの草木が生い茂る森を突破する必要がありますね」

「だな」

今日の下調べにより、俺たちの想定を遥かに超える大規模な森であるというのが新たに発覚した。これまで野外鍛錬の一環としてさまざまな森へ足を運んだ俺と黄金世代の四人だが、さすがにこれは経験がない。

あの大河にしろ、この森にしろ、ついにラウシュ島がその本領を発揮してきたと見ていいだろうな。

手つかずの大自然はダンジョンのトラップよりずっと厄介だし脅威だと、改めて思い知らされるよ。

明日の行動が決まると、俺たちはテントから出て夕食をいただく。

発光石が埋め込まれたランプの淡い光と、焚火《たきび》によって生まれた力強い光——ふたつの光に照らされながら、いつもの調子で明るく楽しいディナーが始まる。

心配していたイムの体調だが、本人は至って健康そのものだった。昼間に感じた変な感じも今はしないという。

元気な笑顔でおかわりをしている姿を見る限り、病気の類《たぐい》というわけじゃなさそうだけど……気にはなるな。

とりあえず、経過を注視しつつ現状維持で大丈夫そうか。

「先生、おかわりはいかがですか？」

「いただくよ。ありがとう、エリーゼ」

「いえいえ」

辛気《しんき》臭い思考はここまでにしよう。明日は大移動になるからな。

今日は早く休んで備えるとするか

第4話　未知の領域

翌朝。

本日は多少雲があるものの、天候自体は晴れ。気温は昨日よりちょっと暑いかな。

朝食を終えてテントを片づけてから、近くにある丘へと移動し、そこから改めて周囲を見回してみる。

「うーん……これは思っていた以上に広いな」

島の大きさについては、船から見た島の大きさや地図による情報を総合して、大体の見当をつけていたのだが……見通しが甘かったようだ。

マリン船長から譲り受けた船を使って、島の反対側から上陸して調査するのはもうちょっと後にしようかと思っていたが、この調子だとその時期を早める必要が出てきたな。

そう思わせる最大の要因は、視界の先に広がる深い森林にあった。

一面が濃緑で埋め尽くされており、先の方が見えないほどだ。

具体的にどれほどの大きさなのか……皆目《かいもく》見当もつかないな。

ジャクリーヌの探知魔法があるため、遭難の危険性は皆無なのでまだ安心だが……魔法を知らない島民たちでは一度迷うと二度と外へは出られないだろう。

彼らが足を踏み入れるのをためらう理由がよく分かる。生きて帰ることはできそうにないからな。

「どれほど続いているのでしょうか、この森は」

すぐ横に立つブリッツも、不安げにそう漏らす。

「ここまで広大だと、まったく読めないな」

「湿原の前に中継地点を用意しましたが、この辺りにも用意しておく必要がありそうですね」

「あぁ……港の整備が終わって、周辺の安全を確保できたら、近いうちにターナーを呼んで相談してみるか」

パトリシアの言うように、この辺りに第三拠点を構え、運用していった方がよさそうだ。

「では、探知魔法で森の様子を探ってみますわ。パトリシアさん、お手伝いしてくださるかしら」

「お任せください！」

「頼むよ、ジャクリーヌ、それにパトリシア」

森の中に危険がないかどうか、うちの優秀な魔法使いコンビが早速《さっそく》その腕を披露してくれるようだ。ここにルチアも加われば完璧なのだが、彼女にはカークたちとともに農場開拓という大事な任務があるからな。

「ふぅむ……」

キリッとした表情で森を見つめるジャクリーヌ。

彼女はもともと運動神経に難があり、かつ本人が汗をかくことを嫌うので格闘系の鍛錬はしていなかった。

しかし、そんなジャクリーヌの横で同じく探知魔法を発動させているパトリシアは異なる成長を遂げている。

当初、彼女は剣士を目指して鍛錬を積んでいたが、俺としては魔法使いとしての高いセンスを評価していた。もちろん、剣士としての才能もないわけじゃない。むしろ、同学年の子たちに比べたらトップクラスだ。

ただ、その評価を遥かに凌駕するほど、魔法使いとしてのポテンシャルは高かった。

今後はイムが本格的に剣術の鍛錬に挑む予定なので、パトリシアにもそろそろ本格的に魔法使いとしての道を歩むよう話をしてみるか。

きっと、立派な大魔導士《だいまどうし》となって国を導いてくれるだろう。

それがこのエストラーダなのか、はたまたまったく違う国なのか……

それは成長した彼女が決めることだ。まだ幼さが残るとはいえ、顔立ちは文句なく美人だし、成長したらさらに美しい女性となる――となれば、きっと求婚してくれる貴族も多いだろうし、その頃の出会いによって変わりそうだな。

もし島を出たいというなら、引き留めるつもりはない。

過去に辛《つら》い体験をしている分、パトリシアにはパトリシアの人生を後悔なく歩んでもらいたいからな。

しかし……そうなるとやっぱり寂しいな。

「先生、探知魔法を使った結果、森の中に不審な物やモンスターの気配はありませんでした」

「っ！」

「どうかしましたか？」

「い、いや、なんでもないよ。ジャクリーヌはどうだ？」

「こちらも同じですわ……逆に不自然ですわね」

ジャクリーヌは眉をひそめて森を見つめる。彼女にしか分からない何かがこの森に潜んでいるというのか。

「不自然な点というのは？」

「これだけ広大な森なのに、モンスターが一匹もいないという状況そのものですわ」

「なるほど……それは言えているな」

モンスターがいないという報告で安心をしていたが、その状況自体が不自然というジャクリーヌの着眼点はさすがだ。

おまけにここはパジル村の人たちの手が一切加えられていない、いわば手つかずの状態となっている。

それでもモンスターがいないという……それは果たして何を意味しているのだろうか。

とりあえず、危険ではないと判断されたのでこのまま森へと入っていく。

人の手が加えられていないということは、植物なども自由に生え放題——つまり、人が進みやすいように道を作っていてはくれないのだ。

逆に言うと、これまでこの島にはパジル村の人たち以外にも誰かが住んでいる形跡がいくつか見られた。

しかし、ここから先にはそれすら見られない。ということは、まさに真の意味で未知の領域といえた。これでこそ、調査のやりがいがあるというものだ。

「どうしましょうか、先生。わたくしの炎魔法で焼き払います？」

「島が丸裸になってしまうからその案は却下だな」

指先に魔法で生み出した小さな炎を浮かべて、ジャクリーヌがそんな提案をする――が、即座に却下。

調査をする上で手っ取り早いといえばそうなのだが、この素晴らしい自然環境を極力壊したくはない。

ここで力を発揮するのがブリッツの剣術だ。

「ふん！　はあ！」

相変わらず見事な剣さばきで草木を斬《き》り、道を生み出していく。

さらに、ブリッツだけでなくパトリシアやイムも加わった。それだけでは終わらず、ジャクリーヌは風を刃のように飛ばす魔法で、ウェンデルは魔道具で切り拓いていき、最終的に俺も参加して作業速度は劇的に加速していった。

エリーゼとクレールのふたりは直接作業に関わる手段を持たないため、エリーゼの方は得意の回復魔法で他のメンバーの疲労を回復していき、クレールの方は地図とにらめっこしながらルートを確認していく。

それぞれが自分のやれる範囲で仕事をこなす。

おかげで想定していたよりもずっとペースは速かった――が、ここで緊急事態が発生する。

「っ⁉　せ、先生！　来てください！」

第一発見者はパトリシアで、驚きながら俺を呼ぶ。かなり焦っているようだったので、俺は急いで駆けつけた。

「どうしたんだ、パトリシア！」

俺の後を追う形で、他のメンバーもパトリシアのもとへと急いだ。

第5話　新発見

パトリシアが発見したのは岩壁に開いた大きな穴だった。

まるで俺たちを呑み込もうとしているように見えるそれはまるで――

「ダンジョンの入口か？」

以前にも、ラウシュ島の別の場所でダンジョンを発見したが、あそこの入口とよく似ているな。

ただ、あのダンジョンでは特にこれといった発見がなかった。

しかし、今回はあの時と状況が違う。

わざわざ奥深くまで探索しなくても状況を把握できる術《すべ》があるのだ。

「――ジャクリーヌ」

「ダンジョン内部に探知魔法をかけて探ればよろしいのですね？」

「さすがだな。頼むぞ」

「お任せください」

こちらの意図をしっかりと理解しているジャクリーヌは、早速得意の魔法でダンジョンの中を調査する。

さっきの森でもそうだったが、魔法で分かるのはダンジョンの規模やモンスターの配置程度で、たとえばモンスターがどれほど強いのかといったような詳細な情報は分からない。

その辺は自分の足で確認をする必要があるんだ。

そんな探知魔法でダンジョン内の情報を探るジャクリーヌの顔は、いつもの顔つきから徐々に険しい表情へと変わっていく。

「……かなり深いですわね。ここまで深いダンジョンというのは過去に見たことがありませんわ」

学生時代、よくみんなで課外授業と称してダンジョンに潜っていたジャクリーヌ。

そんな彼女でも過去に経験がないほどの大きさとは……

これは、全容を掴むのにはかなりの時間を要するだろうな。

「オーリン先生……このダンジョンは一筋縄ではいきそうにありませんね」

「ブリッツもそう思うか？」

「はい。なので、専門家を派遣してもらった方がいいかもしれませんね」

ジャクリーヌからの情報を分析したブリッツが、そう告げる。

「俺もそれは考えていた。まもなく、拠点となる村が完成するから、それに合わせて有力な冒険者をこの島に派遣してもらえないかグローバーに相談してみよう」

ダンジョンへは何度か挑戦してきたが、それはあくまでも教育の一環。

あそこで得られるアイテムを売って生計を立てている本職の冒険者たちでしか知り得ない知識もあるだろうし、そのように提案してみようと思う。

それと、もうひとつ考えている案があった。

「冒険者たちが寝泊まりできるような、小規模の村をここへ作るのもいいな」

近くには小川があり、見晴らしのいい丘もある。

昨日見つけたあの大河からは距離もあるため、水害の影響も出ないだろう。実現できるかどうかはさておき、環境としては大変望ましいものが揃っていると評価していいだろう。

あとは肝心の冒険者だが……果たしてどれだけ集まるか。

小国であるエストラーダで活動している冒険者のレベルで、このダンジョンを突破できるのかは分からない。

あのジャクリーヌが引くくらい大きなダンジョンだからな。やはり実績のある人物やパーティーでなければ務まらないだろう。

「あの、先生」

冒険者をどうやって集めようか悩んでいると、ウェンデルが声をあげる。

「どうかしたか、ウェンデル」

「いや、その……あくまでも僕個人の意見なのですけど……『彼』に頼んでみてはどうでしょう？」

「「っ⁉」」

ウェンデルの言う『彼』――それが誰なのか瞬時に悟った黄金世代の面々は一様に驚いた表情を浮かべる。

「僕はギアディスで冒険者を相手にする商売をしていたましたから、その手の話をよく聞いていたんです。かなり凄腕の冒険者になったみたいですよ」

「『彼』の噂でしたら、わたくしの耳にも届いていますわ」

「私も、教会に来る方から話を聞いたことが……」

「俺も任務でダンジョンを訪れた際にあいつの名前を聞いたな」

ともに学んだ黄金世代の四人は、卒業後に『彼』の噂話を耳にしていたらしい。

かく言う俺も、当時の同僚から情報を得ていた。

学園を中退した『彼』は、己の実力だけで飯を食っていこうと冒険者になり、成功をおさめた、と。

……しかし、まさかここでそう来るとは思わなかった。

とはいえ、現状を振り返ってみればまったくない話ではないか。

有名な冒険者になったのなら、協力を要請してみてはというウェンデルの提案は採用すべきだろう。

問題はその『彼』が応じてくれるかどうか……いや、それ以前に今どこで何をしているのかさえ分からないんだった。

俺と黄金世代の四人が神妙な面持ちになる中、まったく事情を呑み込めていないパトリシアとイムとクレールはポカンとしていた。

「あ、あの、先生に先輩方、一体どうされたんですか？」

「その『彼』というのは誰なのでしょう？」

「強い人なの？」

事情を知らないパトリシアやイムたちは困り顔。

……そりゃそうだろうな。

ここはきちんと説明すべきだろう。

「三人とも、よく聞いてくれ。ウェンデルが言った『彼』というのは――黄金世代の《幻《まぼろし》の五人目》と呼ばれた男だ」

「えっ⁉　黄金世代ってブリッツ先輩たち四人だけじゃないんですか⁉」

他のふたりは「ブリッツたちと同じくらいの実力者が他にもいるんだ」というような反応だが、同じ学園出身のパトリシアは驚愕《きょうがく》の表情を浮かべる。

そうか……『彼』が学園を去ったのは、パトリシアが入学してくるよりも前だったな。これもいい機会だから、三人にも話しておこう。

これ以上の調査はいったん取りやめ、中継地点にある屋敷へと移動。

そこで、『彼』についての詳しい話をする流れとなった。

第6話　五人目の黄金世代

屋敷に到着すると、すぐにクレールがお茶の準備に取りかかってくれる。

俺たちは荷物をおろし、体を伸ばしたりストレッチをしたりとそれぞれ思い思いに過ごしていた。

それから間もなくしてクレールがお茶を淹れ終えて戻ってくる。全員揃ったのを確認してから、俺は自分の記憶を掘り起こしながら語り始めた。
あれはもう何年前の話になるか……

†

俺は騎士団を辞めて、生きる目標を失いかけていた。だが、新たにギアディス王立学園の教師という生きがいを見つけ、懸命に働いた。

国の将来を背負って立つ若者たちを育てる――この使命を果たすため、子どもたちには常に全力で指導をしていた。

そんな俺の教師人生を一変させたのが、ブリッツ、エリーゼ、ウェンデル、ジャクリーヌの四人が揃ってうちのクラスに来た時だ。

四人とも、最初から高く評価されているわけではなかった。

ブリッツは虚弱体質。

エリーゼはハーフエルフという理由で差別の対象。

ウェンデルは極度の人見知りで引きこもり気質。

ジャクリーヌは自らの実力に溺れるワガママ娘。

他の教師たちでは手に負えない、いわゆる問題児として扱われていたのだが、俺は一概にそうは思えなかった。四人とも優れた部分があって、そこを伸ばせばきっと大成できると信じていたのだ。

実際、彼らの評価は日を追うごとに変わっていった。

ブリッツは騎士団からも注目される剣士に。

エリーゼは回復魔法を極め、聖女と呼ばれるまでに。

ウェンデルは物作りの腕を磨き、魔道具技師となった。

ジャクリーヌは真面目に修行へ取り組み、世界屈指の魔女と恐れられる。

素晴らしい才能を有した四人の天才たちは、のちに黄金世代と呼ばれて将来を期待される存在となる。

――だが、実は彼ら四人の他に、同時期に受け持っていた教え子があとひとりいた。

名前はロレッタ。

格闘戦を得意とする男子だった。

しかし……名門ギアディス王立学園の生徒でありながら、ロレッタはあちこちで暴力絡みのトラブルを起こしており、他の四人とは問題のベクトルが違った。

一度、彼が学園内で起こした喧嘩騒動を止めるために仲裁へ入ったことがあったが、その際、俺はロレッタに秘められている底知れぬ才能に気づいた。

彼は邪魔をした俺に殴りかかってきたが、それをかわして投げ飛ばし、組み伏せた。

これで終わりかと思いきや、彼は俺を片腕だけで持ち上げて放り投げようとする。

規格外のパワーだが、持ち味はそれだけじゃない。

まともな指導を受けていないはずなのに、ロレッタには格闘技の基本がキッチリと備わっていた。

あとから本人に確認してみたが、自然とそういう風に体が動いてしまうのだという。まさに天性のセンスだった。

何とか更生《こうせい》できないものかと、俺は彼を自分のクラスへと誘《さそ》う。

最初は怒りながら「失せろ」とか「黙れ」とかとにかく悪態をつきまくってさらに攻撃を仕掛けてきたのだが、それを俺はすべていなし、完封。

逆にちょっとずつカウンターを挟んでいき、おとなしくさせようとしたのだが、ほとんどダメージを与えられなかった。

ロレッタは天性の格闘センスに加えて、恐ろしいまでに体が頑丈でタフだったのだ。

ますます彼に惚れ込んだ俺は、半ば無理やり彼を俺のクラスへと連れていった。

そこでブリッツたちと顔合わせを行ったのだが、なぜかロレッタは執拗《しつよう》に四人を挑発。

特に戦闘要員でもあったブリッツとジャクリーヌには「まとめてかかってこいよ」とまで言い放った。

あの時のブリッツの顔は今でも鮮明に覚えている。

まだ十代半ばで今よりも血気盛んだった彼は、無言で「やっちゃってもいいですか？」と俺に目で訴えかけてきた。普段冷静なブリッツがここまで怒りをあらわにするのはとても珍しかったので、思わず「ＯＫ」と返事をしてしまう。

これがロレッタの運命を大きく変えた。

俺からの許可が下りたことで、ブリッツはロレッタとの決闘に挑む。

腕っぷしに絶対の自信を持っているロレッタは一直線に突進をしていくが、そのような単調な攻撃で倒せるほど、ブリッツは単純な男ではない。相手の動きを完璧に見切って、華麗にカウンターを決める。

「ぐごっ⁉」

回避と同時に脇腹への強烈な一撃を食らったロレッタは悶絶。

結局そのまま試合は終わり、ブリッツの勝利となった――のだが、当のロレッタ本人はこの負けに納得がいっていないようで、今度はジャクリーヌとの対決を希望する。

恐らく、女なら勝てるだろうという浅はかな考えだったのだろうが、その結果は大方の予想通り、ボロ負けだった。

ただでさえ、ロレッタのような打撃オンリータイプは魔法使いと相性最悪だというのに、彼の場合は戦い方が「突っ込んでぶん殴る」というおよそ学習能力のある人間の戦法とは思えないものだった。

これではジャクリーヌに勝つどころか触れることさえできない。

結局、ロレッタは彼女をその場から一歩も動かせずに敗北したのだ。

この連敗は彼のアイデンティティーを根底からひっくり返すほどの衝撃があった。

今まで一度も喧嘩で負けた経験がなく、それはこれからも永遠に続くものだと信じていたのだ――が、現実はそんなに甘くはなかった。

同い年にブリッツとジャクリーヌという怪物クラスの逸材がいたことで、彼は己の力の限界を知ったのだ。


ブリッツやジャクリーヌと模擬試合をしてコテンパンにされてから、ロレッタはよくうちのクラスへ顔を出すようになり、そのたびに負けたふたりへ再戦を申し込んでいた。

何度やっても結果は目に見えているという態度のふたりだったが、俺はこの申し出を断るようなマネはしなかった。

彼が納得するまで戦えば、おのずと自分で道を見つけるだろうと期待していたのだ。

しばらくすると、ようやく状況に変化が起き始める。

次第に、ロレッタはブリッツや他のメンバーと打ち解け、俺の言うことにも耳を傾けてくれるようになったのだ。うちに来て、ブリッツとジャクリーヌにボロ負けしてから一ヶ月が経つ頃には、まるで憑《つ》き物が落ちたかのように穏やかな性格へと変わっていた。

彼はただ暴れ回っていたわけじゃない。

ずっときっかけを探していたのだ。

このままではダメだと思っていても、そこから一歩踏み出せる勇気がなかったので、誰かに背中を押してもらいたかった――その役目を担《にな》ったのが、彼をボコボコにしたブリッツでありジャクリーヌだったのだ。

それから、彼はこれまでの自分の生き方を猛省していた。

持て余していた規格外のパワーやスピードも、それ以上に規格外な存在である黄金世代の中へ入ってしまえば気にならない。

特に、ブリッツとは何度も実戦形式の模擬試合をしていたのが印象に残っている。

そんな日々が一ヶ月ほど続いたある日。

俺はロレッタを呼び出してある提案をする。

「うちのクラスに移ってきないか？」

「っ⁉　い、いいんですか⁉」

「もちろんだ。最近の君はサボらなくなったし、率先して学園の仕事や孤児院の環境整備を手伝っているそうじゃないか」

「それは……ヤツを研究した結果、強さの秘訣はそういうところにあると導き出したからですよ」

ロレッタの言う通り、ブリッツは毎日の授業と鍛錬の他に慈善活動にも力を入れていた。

しかも、入団を希望する騎士団へのアピール材料などではなく、純粋に自分の想いから行っていたのだ。

その話をしている間の彼の表情は、初めて会った時とはまるで別人のように違う。

今のロレッタならば、ブリッツたちと一緒に鍛錬しても大丈夫と判断した。

彼としても、うちへの移動は念願だったらしく、すぐに手続きが終わってうちのクラスの一員となった。

馴染むのはあっという間だった。

両親がおらず、貧民街で育ったという辛い過去も、他のメンバーにとって「どこか他人じゃないような気がする」と思わせる要因となったのも大きい。

ともかく、ロレッタは無事にうちのクラスの一員として迎え入れられ、ここから躍進が始まる――

と、誰もが思っていたのだが……事件は突然起きた。

俺が出張で二、三日学園を離れている間に、ロレッタは再び暴力事件を起こしたのだ。

信じられなかった。

親友という間柄にまでなったブリッツとともに、将来はギアディスの平和を守るために騎士団へ入ろうと気合を入れ、これから剣術もマスターしていきたいと意欲的に取り組んでいたあのロレッタが王都でまたしても暴力事件を起こすなんて。

学園側にはロレッタと話をさせてほしいと願い続けたが、結局それも叶わず、挙句の果てにはとうとう学園から退学を言い渡され、俺が寮にある彼の部屋を訪ねた時にはもう出て行ったあとだった。

なんてことだ。

その時、俺は膝から崩れ落ちた。俺が出張じゃなくて学園にいたままなら、まだフォローの入れようもあったのに、と悔しかった。

誰もいなくなった寮の部屋にたたずんでいると、机の上に何か紙が置いてあることに気がついた。

手に取ってよく見てみると、表には「オーリン先生へ」と書かれていた。

そう。

これはロレッタが俺に宛てた手紙だったのだ。

「あいつ……俺に手紙なんて残していたのか」

複雑な気持ちを胸に秘めつつ読んでみると、感謝の言葉と「これ以上ご迷惑をおかけするわけにはいきません」という一文が添えられており、その字は涙で一部がにじんでいた。

これで、俺はロレッタが無実であると悟った。

立ち直り、騎士団入りを本気で考えて剣術の稽古に励んできた彼が、今さら暴力事件を起こすとはどうにも考えられなかったのだ。

当時の騎士団や魔法兵団などは相手にしてくれなかったため、独自にこの暴力事件の調査を開始した。

すると、当時現場を目撃したというたくさんの人の証言から、男たちに襲われかけていた女性を救うためにロレッタがチンピラと戦っていたという事実が明らかとなった。

俺は学園側に訴え出たが、すでにロレッタは学園を去っており、連れ戻そうにもどこへ行ったのか誰にも分らなかった。

当時はまだローズ学園長ではなかったとはいえ、今にして思えばこの頃から組織として根底は腐っていたのかもしれないな。あの当時は気づけなかったけど、今思い出してみると不審な点ばかりだ。

……と、古巣の悪口はこのくらいにして、肝心のロレッタのその後について。

学園を去って以降は誰とも連絡を取っていないらしく、音沙汰なし。

ブリッツたちとの交流を経て心を入れ替え、真面目に己を高めようと精進していた彼が再び道を踏み外すなんて事態にはならないと信じているが……今はどこで何をしているのか、ずっと気がかりではあった。

†

「そ、そんなに凄い人なんですか……？」

五人目の黄金世代について話し終えると、それまでロレッタの存在を知らなかったパトリシアが尋ねてくる。

彼女が学園に入ってきた時には、すでにブリッツたちは黄金世代として華々しく表舞台に立っており、ずっと憧れの存在になっていた。

しかし、実はそこにもうひとりいたというのは衝撃だったのだろう。

「凄いなんてものじゃないよ。ブリッツとの模擬試合ではほとんど互角の戦いをしていたからね」

「格闘技と剣術で戦闘スタイルは違っていましたが、人間性に関しては似通っている部分も多かったですわね。あと、学生離れした戦闘力という点もそっくりでしたわ」

「そうね。本当に強かったわ……現役のギアディス騎士を見回しても、彼に匹敵する実力を持った者はそうそういないのではないかしら」

間近でブリッツとロレッタを見てきた三人が言うのだから、説得力は絶大だ。

そうなってくると、みんなの目は自然とブリッツに向けられる。

「……ロレッタはいいヤツだった。それに強い。少し寄り道をしていたから、序盤は鍛錬量の差で俺が圧倒的できたものの、次第に追いつかれていったからな」

あのブリッツが実力を認める発言をし、パトリシアのみならずイムやクレールたちも関心を持ったようだ。

ロレッタ……彼がラウシュ島に来てくれたら、これほど心強いことはない。

もう一度、彼の捜索を真剣に検討してみるか。


というわけで、ロレッタの件についてはいったん保留とした。

ダンジョンの調査についても、こちらは以前のものに比べると大規模ということで素人の俺たちは手を出さず、専門家である冒険者の増援を待つ方向で決定。

それから、少しでも詳細な情報を手に入れようとジャクリーヌとパトリシアは探知魔法で調査を続行。

だが、調べれば調べるほど、明らかになるのはダンジョンの広大さばかり。

世界最大規模と噂されるダンジョンに匹敵するのではないかと彼女は推測していた。そこは名のある冒険者パーティーが全容解明に乗り出していることで有名だが……未だ具体的な進捗報告は入っていないと聞いている。

ここがそのダンジョンに相当する広さであるというなら、こちらもそれなりに実績と経験のある冒険者が必要となってくるだろう。

ますますロレッタのような人材が必要になってくるな。

第７話　新しい目的地

その日の夜。

夕食の支度をみんなに任せ、俺は通信用水晶玉で、エストラーダにいるグローバーと連絡を取る。

内容はもちろん、冒険者の派遣についてで、ロレッタのことについても触れた。

『ロレッタ……懐《なつ》かしい名前ですね。彼が名のある冒険者として成長したという話は、私も耳にしたことがあります』

「所在を調べられるか？」

『もちろんやってみますが……ご期待に添えるような結果を持ち帰るのは難しいと言わざるを得ないでしょう。そもそも、この大陸から出ているかもしれませんし』

「確かに、その可能性も考慮すべきだな」

グローバーの意見はもっともだ。

冒険者として実績を積んでいるとなったら、すでに別大陸で活動を始めていてもおかしくはない。

特に彼の場合は、ここにあまりいい思い出がないだろうからなぁ……

少なくともギアディスにはいないと思うが。

『とにかく、彼の足取りを追ってみます。並行して、国内にいる有力な冒険者たちに声をかけておきますので』

「悪いな。頼むよ」

『いえいえ。ダンジョン運営ができるとなったら、エストラーダとしても喜ばしいことですからね』

まだ内部の詳細な調査が終わっていないというのに、グローバーはだいぶ浮かれていた。

……仕方がないか。

この島でダンジョンを運営できれば、そのうち黙っていても噂を聞きつけた冒険者が集まってくる。彼らが王都にある店を利用すれば、それだけ経済効果があるわけだからな。

しかし、冒険者稼業をする者の中には暴れん坊も多い。

仮にあのダンジョンを開放したなら、治安維持の強化が求められるのは必至。おまけにこの島でとなれば、イムの故郷であるパジル村の人たちへの悪影響も懸念された。

課題は山積みではあるが、それらを吹き飛ばすほどの経済的なプラス効果もまた魅力。

ロレッタにいてもらえたら、その辺の対応もできそうだ。

『そうだ。これもひとつ先生の耳に入れておこうと思いまして』

「？　何かあったのか？」

『ギアディスとレゾンの連合軍が他国への侵攻を開始しました』

「っ⁉」

ここへ来て、ついにヤツらが動きだしたか。

不安視していた事態であったが、現実味はあったからな。特にギアディスはかなり焦っていると思われる。

恐らく、軍事の主導権を握っているのはレゾンの方だろうな。最初の侵攻では返り討ちに遭い、頼みの綱としていた黄金世代は揃ってエストラーダへと移住してしまった――これがギアディスにとって最大の誤算と言える。

おまけに、舞踏会ではエストラーダ貴族のミラード卿を抱き込んで支配強化に出ようとしたが、結果としては返り討ちとなった。まさに恥の上塗りだな。

とはいえ、仮に四人がギアディス内にとどまっていたとしても、あのような戦争に加担するとは思えない。

どのみち、彼らの性格を読み違え、それをあてにしていたギアディスに未来はなかったろう。

「連中の進路は分かるか？」

『北へ移動しているという報告は受けていますが、今のところ大規模戦闘が行われたという形跡はないそうです。騎士団はこのまま警戒を続ける予定で、近々同盟国とも連携を強めていこうと話しています』

「そうか……」

北、か。

エストラーダとは正反対の方向だな。

今すぐに戦闘行為が始まる気配はないようで、そこは安心できる。

まあ、ギアディスは黄金世代である四人の実力を熟知しているし、中でも戦闘分野で強大な力を発揮するブリッツやジャクリーヌはまともに相手をしたくないと思っているに違いない。

ローズ学園長の歪《ゆが》んだ愛情を考慮すると、このギアディスの軍勢を率いているのは、学園長の息子であるカイルだろう。

断定はできないが、あそこまで執拗なこだわりを見せているところを見ると、可能性は極めて高い。

しかし、それは俺たちにとって朗報だ。

あのろくでなしが指揮を執《と》っているというなら脅威でもなんでもない。

さすがに補佐役がいるのだろうけど、あのカイルがどこまで助言を聞き入れるか……どうせ負けても、責任を負わされるのはそっちだし、あまり意味はなさそうだな。

……逆にいえば、北方への侵攻が失敗に終わった時――それは両国の終焉を意味しているといって過言ではない。

ロレッタや冒険者たちのこともそうだが、ギアディスやレゾンの動きについても注視していく必要がありそうだ。

第8話　新しい目的地

ダンジョンの探索は専門家の到着を待って行われることとなった。

条件は厳しいが、ここを管理運営できるようになればかなりの国益となる。エストラーダのお役人さんたちも、有力な冒険者の声かけに熱心となるだろうな。

できれば、今は冒険者をしているというロレッタにも加わってほしいところだが、これはグローバーの調査次第となりそうだ。

そういった事情があるため、俺たちはダンジョンの調査を切り上げ、次の目的地に向けて旅立つことにした。

「ここに屋敷があってくれてよかったよ」

「ですね。テントでの寝泊まりもいいですが、お風呂に入ってからベッドで横になると疲れが芯から取れます！」

パトリシアも顔色がよく、ゆっくりと休めたようだ。

他のメンバーもリフレッシュできたみたいでよかったよ。

さて、ダンジョン自体の調査はしばらくお預けとなったので、今日はさらに奥地へと足を延ばそうと考えていた。

まだまだ先の話になるだろうが、もしこのダンジョンが解禁となり、ギルドなどを建設する運びとなれば、もっとこの辺りを入念に調べる必要があるからな。


準備を整えると、再び全員で出発。

具体的な目的地については、事前にみんなへと話を通してある。

そこは――島の中心にそびえ立つ山だ。

「近くで見ると本当に大きな山ですねぇ」

「そうだなぁ……」

口を半開きにして山を眺めるクレール。

彼女の言う通り、これほど大きな山は俺の記憶の中にもそれほどない。

「いつも大陸側から見ていて大きな山だなぁと認識していましたが……想像を遥かに超えるサイズですね」

生まれも育ちもエストラーダ王都であるクレールにとって、この山は幼い頃から見慣れた物であった。しかし、山はおろか島にさえ足を踏み入れられない状況が続く中で、この山はまさに幻と呼ぶに相応しい存在だったという。

「それで興味津々というわけか」

「子どもの頃からずっと気にかかっていた山ですからねぇ……」

俺と話している間も、ふたつの瞳はジッと山を見つめている。

——だが、同じようなリアクションを見せている者がもうひとりいた。

それはこの島出身で、今も住み続けているイムだ。

「ふわぁ……」

イムもまた、口を半開きの状態にして首を上に傾けている。

彼女もクレール同様に幼い頃からこの山を近くで見続けてきたが、ここまで接近するのは今日が初めてだという。

というより、他のパジル村の人たちでもここまで近づいたのはいないんじゃないかな。セルジさんの話では、モンスターが出現するので避けていたらしいが、今はイムだけじゃなく俺たちがいるからこそ達成できた距離だ。

一方、ギアディス生まれである俺を含めた他の面々は、彼女たちとはまったく別の視点からこの山を眺めていた。

「火山というわけではなさそうだな」

「みたいですわね」

「でも、この山を登るとなると本格的な装備が必要ね」

「傾斜もなかなかきつそうだなぁ……卒業してから何年も経っているし、装備以前に体力が持つかどうかが不安だよ」

ブリッツたち黄金世代の四人は、すでに登ることを前提に話を進めている。気が早いような感じもするが、いずれ登ることになるのだから決して無駄な議論というわけではない。

「山登りか……」

昔を思い出すな。

彼ら四人やパトリシアは、俺が修行の一環としていろんな山へ連れて行き、そこで登山訓練を何度もやってきたから問題ないだろう。むしろ今では山歩きを趣味としているブリッツなんかは喜んで装備を用意するだろう。

ただ、他のメンバーについては未知数だ。

島民でありながらもイムでさえこの山には登ったことがないらしい。ただ、彼女は普段の調子から、これくらいの登山であれば難なくこなせるはず。

となると、唯一問題がありそうなのはクレールか。

この山に並々ならぬ関心を抱く彼女だが、さすがに連れてはいけないな。

何気なく彼女の方へ視線を向けると……目を閉じ、眉間にシワを寄せて何やら思い悩んでいるようだった。

――いや、あれはきっと、悩みというよりは葛藤《かっとう》に近い。

頭の中は子どもの頃からずっと気になっていたラウシュ島の山に登ってみたいという知的好奇心で満たされているのだが、自分が登山をするとなったら間違いなく他のメンバーに多大な迷惑をかけてしまう。彼女は好奇心と罪悪感を天秤《てんびん》にかけ、苦悩していたのだ。

それとなくフォローを入れてあきらめさせようともしたが……あそこまで真剣に悩まれるとなぁ。

クレールは大人の女性なので、普段ならその辺、「ダメならダメで仕方がない」という切り替えができる。

だが、今回のケースに関しては彼女にとって譲れないものがあるらしく、いつもの調子でやり過ごすのは難しいようだ。

とりあえず、俺は彼女が下した決断を尊重することにした。

悩み抜いて出した答えであるならば、きっとクレールも納得するはずだ。

何度も訪れた経験のある場所ならば、俺たちでいくらでもフォローできるのだが、初挑戦となるとそんな余裕は持てないかもしれない。

山登りについていろいろと考えを巡らせていたら……

「あの手の山を見ていると昔を思い出しますわね、先生」

「っ！　ジャ、ジャクリーヌか……」

背後からいきなり声をかけられ、驚きながら振り返る。

そこにはニコニコと笑うジャクリーヌが立っていた。

「随分と悩まれていたようですが……きっと、クレールさんを同行させるか迷われているのですね？」

「さ、さすがだな。その通りだよ」

「昔から、先生は分かりやすいほど態度に出ますので。たぶん、わたくしだけでなく、ブリッツたちも勘づいているはずですわ」

ちょっと前にパトリシアにも似たようなことを言われた気がするな……気をつけなくては。

気を取り直して、俺は例の山を見上げる。

これまで誰も足を踏み入れたことのない、ラウシュ島のシンボルとも呼べる名もなき山。

ちょうど島の面積の半分に相当するここを起点にすることができれば、島を全方位から調査する大拠点地となるだろう。

俺たちが普段暮らすあの村は大陸側から近い。

理由としては、物資の運搬に最適だからだ。

造船所のマリン所長から専用の船をもらえたし、これからは今まで以上に大陸側――つまり、エストラーダとのやりとりも頻繁にできるだろう。

ただ、俺はもうひとつ、島の調査を円滑に進めるための拠点をどこかに増やそうと計画していた。

まだターナーには何も話をしていないので何とも言えないが、この近辺の安全が確保できたなら、相談したいと考えている。

この山の麓《ふもと》は、今のところさまざまな条件を満たしており、うまくいけばいい拠点地として機能してくれるはずだ。

……まあ、それが本当に実現できるかどうかは、これからの調査を終えてみないことにはなんとも言えない。

「先生、ここからはどうします？」

「さっきエリーゼが言っていたように、あの山を攻略するには専用の装備を用意し、万全の状態で挑む必要がある――そこで、二手に分かれようと思っているんだ」

ウェンデルからの質問に、俺はそう答えた。

大規模ダンジョンの調査は冒険者の到着を待ってから行うことにして、先にこの山を攻略したい。

そのために、装備を調達する係と継続して周囲を調査する係のふたつに分けようと考えたのだ。

俺は国王陛下への報告も兼ねて、一度大陸に渡るつもりでいるため、そちらに同行する者を選び、残った者で継続調査をお願いする。

とりあえず、この場を任せられるリーダーとして、ブリッツには島に残ってもらう方向で考えていた。あとは残りの人選をどうするか、だな。

「私は先生と行きます！」

真っ先にそう訴えたのはパトリシアだった。

「分かった。じゃあ、パトリシアは一緒に行こうか」

「よしっ！」

ガッツポーズ自体は控えめだが、声量は我慢しきれなかったらしい。

ただ、魔法を扱える者はそれぞれひとりずつ配置しようという構想だったので、ジャクリーヌにはブリッツとともに調査を続行してもらうようお願いする。

「仕方がありませんわね」

口では腑に落ちないといった雰囲気を醸し出しているジャクリーヌだが、それとは裏腹に顔つきは柔和でどこか嬉しそうにさえ見える。

次は誰にするのか——実はもう決めてある。

「クレール、君も王都に来てくれないか？」

「わ、分かりました」

俺はクレールを指名した。

彼女は王家にも顔が利くし、地元出身で土地勘もある。登山に必要なアイテムが売っている店も知っているはずだ。

残りは希望者を優先させることにし、その結果、イムが王都へと渡るメンバーに加わった。

それと、拠点で畑いじりをしているバリー、カーク、リンダ、ルチアにも島の調査に参加してもらうつもりでいる。

商人のドネルに関しては俺たちとともに王都へ渡ってもらうようお願いする予定だ。

「そういうわけだから――ブリッツ、少しの間、この辺りの調査を君に託す」

「はい。お任せください」

一切のためらいなく、すぐにそういう返事ができるあたり、本当にブリッツはリーダーとして頼りになるな。

それはこの場に残っている者たちが頼りないというわけではなく、なんというか……ブリッツはリーダーが合う性格というか、人を束《たば》ねる才能があるんだよな。

それは俺には絶対にない資質であり、教えて身につくわけでもない。生まれ持ったセンスだ。

類稀《たぐいまれ》な剣の腕も合わせ、本来なら騎士団でそれを発揮してもいいのだが……本人は頑なにこの島での調査をすると言っている。

俺としては強力な参謀役がいてくれて大変助かるのだが、ちょっと複雑な気持ちだ。

ともかく、そんな彼だからこそ、俺も安心してこの場を任せられる。

というわけで、俺とパトリシアとイム、そしてクレールとドネルの五人で装備調達をするため王都へ向かうことで決定。

あとは国王陛下への定期報告。

それから、グローバーにダンジョン探索を依頼する冒険者の状況について聞いてくるとするか。

第9話　いつもと違うトラブル

中継地点にある屋敷で二度目の夜を過ごすと、王都へ渡る組はひと足先に拠点へと戻るため朝早くから行動を開始していた。

下手をすると、王都で一泊する必要が出てくるかもしれない。

「それじゃあ、ブリッツ。少しの間だが、まとめ役を頼むよ」

「はっ！」

ビシッと背筋を伸ばして敬礼するブリッツ。

相変わらず真面目だなぁ……まあ、そんな彼だからこそ、周りの誰も文句ひとつ言わずにリーダー役を認めているのだろう。俺としても安心して任せられる。

俺はパトリシア、イム、クレールの三人を連れて拠点地となっている村へと帰還。

すぐに農場へと足を運び、作業中の五人を呼び寄せると、昨日までの成果を話して協力を要請した。

「了解しました！」

元気よく返事をしたのはカークだった。

周りも彼の指示に従っているみたいだし、リーダーが板についてきたな。

事情を説明し終えると、カーク、バリー、リンダ、ルチアの四人はブリッツたちのいる中継地点の屋敷へ向けて村を発った。

それを見届けると、今度は廃墟となっている港を整備中のターナーたちのもとへ。

忙しそうに動き回っている彼を発見すると、すぐに声をかけて事情を説明する。

「それは実に興味深いですね」

どこか嬉しそうに語るターナー。

度重なる依頼に辟易《へきえき》しているかもしれないと心配していたが、どうやら杞憂《きゆう》に終わったようだ。

ちなみに、職人たちの話では、この不思議なラウシュ島での生活が長く続いたせいもあってか、ターナーは島の謎解きに強い関心を寄せるようになったという。

そういうことなら、彼にはぜひとも調査団の正規メンバーに名を連ねてもらいたいものだ。

国王陛下にもその話を持っていき、許可が下りたらターナーへ正式に打診をしてみるとしよう。

それから、この港に来たのはターナーに報告をするためだけではなく、もうひとつの目的がある。

王都に渡るため、造船所のマリン所長からもらった、俺たち専用の船に乗るためだ。

「こちらにあります。いつでも出られるように調整はしていますのでご安心を」

さすがはできる男のターナー。

いつ必要になってもいいように準備を整えてくれていたらしい。

「ありがとう、ターナー」

「これも俺の仕事ですから」

胸をドンと叩き、誇らしげにターナーは語る。本当にいい親方だ。

ターナーの頼もしさに感心しつつ、俺たちは船へと乗り込んだ。

最初はウェンデルしか操縦できなかったが、今では俺やブリッツも練習して扱えるようになっている。

「自分たちだけが使える船っていいですね」

「時間や費用を気にしなくていいからな」

「ですよね！」

クレールの言葉に、俺は同意する。

とはいえ、定期的なメンテナンスとか、諸々の維持費がかかるという点もあるため、まったく費用がかからないというわけじゃないのだが、それを含めたとしてもメリットの方が圧倒的に大きい。

造船所のマリン所長には本当に感謝しかないよ。

船が少しずつ沖へと出ていき、何気なく振り返るとさっきまでターナーと話し込んでいた港が見える。

この距離から眺めると……だいぶ形になってきたな。

最初この場所を訪れた時は廃墟も同然だった。

エストラーダは何も手を出していないという情報が前提にあったため、あのような港がなぜ存在をしているのか……妙な不気味さがあったんだよな。

まあ、今も詳細な情報を手に入れたわけじゃないから、正体不明のままではあるんだけど。

だが、ターナーたちが頑張って整備してくれているおかげで、最初期よりもずっと見栄えがよくなってきている。

海が近くにあるということで、エストラーダ王国は昔から貿易が盛んであった。ゆえに看板ともいえる港町の繁栄ぶりは大陸でも屈指のものだが、この新しくなったラウシュ島の港町もなかなかどうして、見劣りしないくらいの規模になりそうだ。

楽しみがひとつ増えたという喜びを感じながら船を操縦し続けて、ようやく大陸側へとたどり着く。


船を停めてから港へと降り立ち、いつものように中央通りを歩いて城へと向かおうとしたのだが、ふと視線を向けた先に人だかりができていた。

「オーリン先生？　何かあったんですか？」

俺の異変に気づいたパトリシアが声をかけてきた次の瞬間――

「何だぁ、てめぇ！」

「やんのかぁ、こらぁ！」

いつもの喧騒とは違い、怒号が聞こえてきた。

「け、喧嘩ですか!?」

「それにしては少し変じゃないですか？」

怒鳴り声を耳にしたクレールとドネルも、何か異変を感じ取ったようだ。

王都ということもあり、周りには他の町以上に警備の兵士が多くいる。そのため、基本的に穏やかなのだが、人が多いとどうしても小競り合いというものは起きてしまう——これは仕方がない。

だが、今の怒鳴り声はそういったものとは異質に感じた。

うまく説明できないのだが……もっとこう露骨な悪意と言うべきか、ただの小競り合いにしては敵意むき出しという印象を受ける。

もしかしたら、大事件に発展するかもしれない。

「……ドネル、イム。クレールたちを頼むぞ」

「は、はい」

「分かった！」

「パトリシアは俺についてきてくれ」

「はい！」

それぞれに指示を出し、怒鳴り声のした方へ小走りに向かう。

……嫌な予感がするな。

ぜひとも外れてほしいものだが——未だに怒号が聞こえているので、俺の予想は見事に的中しそうだ。

いつもとは違った雰囲気に、どことなく町中にも緊張感が走っているように見えた。

「このような平和な町で騒ぎを起こすなんて……とんだ不届き者ですね！」

頬をプクッとふくらませながら怒りをあらわにしているパトリシア。

しかし、その仕草はどちらかというと「可愛らしい」という感想しか抱けないな。

「王都は他の町に比べて警戒も厳重だ。トラブルを起こすなんて御法度《ごはっと》だと誰もが分かっているはずなのだが……もしかしたら、よそ者の可能性もあるな」

走りながら、俺は状況をそう分析していた。

一方的に他者を威圧するような物言い。もはやチンピラそのものだ。

やがてたどり着いた人だかりの向こうに、穏やかなエストラーダ王都を脅《おびや》かす存在――男三人の姿を確認する。

揃いも揃って人相が悪く、それでいて体は大きくて屈強そのもの。恐らく、普段から鍛えているのだろう。

となると、冒険者か？

騎士団に所属しているようには見えないし、そちらの線が濃厚だろう。

怒りまくっている男たちの前には、ある初老の男性が震えながら立っていた。

「で、ですから、お代をいただかないことには……」

「この程度の品物で金を取るのかよ」

「図々しいにもほどがあるぜ」

「こいつは俺たちが有効活用させてもらう。品物も店内に飾られているよりそっちの方が嬉しかろうよ」

どうやら、真ん中に立つ男が手にしている新品の剣を店から強奪しようとしているらしい。

しかし……いくらなんでも雑すぎないか？

まるで自ら捕まりに行くような蛮行の数々を、白昼堂々とかましている。

これは、少し様子を見る必要がありそうだな。

冷静に立ち回り、ヤツらの行動の裏に隠された真実を見出して――

「あなたたち！　いい加減にしなさい！」

――と、思ったら、いつの間にか男たちと店主の間にパトリシアが立っていた。

「えっ？」

ついさっきまで俺の横に立っていたと思っていたのだが……恐ろしい瞬発力だ。

って、感心している場合じゃない。

あの子の若すぎる正義感が爆発してしまい、すでに一触即発の空気が流れている。

「なんだぁ、お嬢ちゃん」

「俺たちとやろうってのかい？」

「ほぉ……よく見たらなかなか可愛いじゃねぇか」

思いっきりパトリシアを見下す大男三人。

まあ、彼女がどのような人間であるかを知らなければ、そのような対応に出てしまうのも分からなくはない。だが、間違いなく、戦えばパトリシアが圧倒するだろう。

それは火を見るより明らかだった。

「ちょうどいい。ここ最近ずっとダンジョン探索が続いて潤いが足りないと思っていたところだったんだ」

「これは神からの恵みだな」

「ありがたくいただくとしようぜ」

下卑た笑みを浮かべながらパトリシアへと近づいてく男たち。

一方、そのパトリシアはコメカミをピクピクと動かしながら拳を握る。

……これは想像なのだが、たぶん、彼女は男たちのニヤついた顔の向こうに、カイル・アリアロードの影を見たのではないだろうか。

俺が学園にいた賢者時代、学園長の息子であるカイルがパトリシアに言い寄っているという噂はよく耳にしていた。彼女は相手にしていないようだったが、執念深いカイルは懲りずに何度もアプローチを続けていたらしい。

だが、当のパトリシアは歯牙《しが》にもかけず適当にあしらっていたようだ。クールに対応しているように見えて、内心では結構なフラストレーションがたまっていたのかもしれない。

そんなカイルとどことなく雰囲気が似ているチンピラたちを前に、過去の記憶がよみがえってカチンと来たのかもしれないな。

ともかく、あのまま放っておいたら男たちは店の商品を根こそぎ持っていきかねない勢いだったので、少し反省してもらうとしよう。

パトリシアの戦いを見守ろうとしていたら、突然見ず知らずの男性に声をかけられた。

「お、おい、あんた」

「はい？」

「あの子はあんたの連れだろう？　助けに行った方がいいんじゃないか？　なんなら俺が騎士団を呼んでこようか？」

彼はとても優しい人物のようで、パトリシアを心配して俺に解決策を提案してくれた。

騎士団を呼ぼうとする男性に対し、俺は冷静に告げた。

「その必要はありませんよ」

「へっ？」

「というか、相手をすることになる男たちを心配すべきですね。このままだと――」

「ぐえあっ⁉」

話の途中で間の抜けた声がした。直後、「ドゴォッ！」という鈍い音を立てながら真ん中に立っていた男が宙を舞う。どうやら、パトリシアに手を出そうとしてカウンターの飛び蹴りを食らったらしい。

「始まったみたいですね」

「なっ……ど、どうなっているんだ⁉」

動揺する男性を尻目に、パトリシアは男が手放した剣をキャッチするとそれを店主へと返した。

「こちらの剣はあなたのお店の商品ですよね？」

「あっ、は、はい」

店主もまさか自分よりずっと年下の小柄な女の子が大男を吹っ飛ばして剣を取り戻してくれるとは夢にも思っていなかったらしく、返事はしたものの目を大きく見開いたまま固まっている。

俺たちからすると、あの大男よりもずっとデカいモンスターを相手に圧倒しているパトリシアが立ちはだかっているのだから、そりゃあ並大抵の男じゃ相手にならないだろうなって感覚だった。

それこそ、ブリッツくらいの実力者でなければ止めることは難しい。

しかし、王都で暮らす人々の中には、まだまだパトリシアの実力を知らないという人も大勢いる。

舞踏会での一件だって、活躍したのは黄金世代の四人ってことになっているし。

ただ、事実としてパトリシアが男を倒した――それを理解した町の人たちは一斉に歓声をあげて彼女の健闘をたたえたのだ。

面白くないのは残ったふたりだろう。

「こ、このガキ！」

「もう容赦しねぇぞ！」

バカにされて頭に来たらしく、今度はふたりがかりで男たちが襲いかかるが――結果は俺の予想通り。本来は魔法使いとして育成しようと考えているパトリシアだが、これまでの鍛錬の成果をいかんなく発揮して男たちを蹴散らすと、拘束《こうそく》魔法で縛り上げ、身動きを封じる。

ここまでの所要時間はおよそ三分。

さすがの手際だな。

「あなた方……その大きな体は飾りですか？」

「な、なんだと⁉」

「まったく手応えがありませんでした。パワーもスピードも二流以下……よくそれで強気に出られましたね」

「ぐぐっ……」

言い返そうにも、パトリシアを相手に何もできなかったという現実が重くのしかかって言葉を喉の奥へと押し返す。

口ぶりだけは強気でも、さっきの戦闘で彼らは嫌というほどパトリシアとの実力差を味わったのだ。ここで抵抗したところで無駄だろうと察しているし、そもそも拘束魔法が解けないから何もできない。

それでも、コケにされたままではいられないらしく、威勢よく吠え始めた。

「クソッタレが！　俺たちを誰だと思っていやがる！」

「そういえばまだお名前をうかがっていませんでしたね。どこのどちら様ですか？」

「こ、こいつ！」

「その辺にしておけ、パトリシア。じきに城から兵士たちがやってくる」

「……分かりました、先生」

パトリシア的にはまだまだ満足していないようだが、ここら辺で止めておかないとややこしい事態に発展しそうだからな。

それに、別行動を取っているクレールとイムのふたりとも合流しなくちゃいけないし。

ふたりの様子を気にかけていた時、長髪の男が思わぬ言葉を口にする。

「ふざけやがって……なめるなよ！　俺たちのボスはあの有名な冒険者である《竜狩りのロレッ

タ》だぞ！」

「なっ⁉」

ロレッタ？

まさか……あいつがこのチンピラたちを送り込んだっていうのか？

第10話　ロレッタの行方《ゆくえ》

「お前たちのボスがロレッタだと……？」

俺は耳を疑った。

確かに、ロレッタは荒れていた時期がある。溢れ出るパワーの行き場を見失って暴走しかけていた。学園では何度も問題を起こし、退学寸前にまで追いやられたほどだ。

しかし、彼はそこから立ち直った。

自分に匹敵する――いや、当初は遥かに凌駕していた黄金世代の四人と出会って、まさに生き方そのものが変化したのだ。

俺はその様子をすぐ近くで見守っていたからよく分かる。

それに、あのような劇的な変化を遂げた者は、そう簡単に元通りになるとは思えない。

学園を去る理由こそ、再び起こした暴力事件であったが、あれは人を助けるために行ったことだ。

せめてあの場に俺がいれば……そう思わずにはいられない。

――って、今は過去を憂いている場合じゃない。

本当にこの男たちのボスがロレッタなのか確かめなくては。

「その話は本当なのか？」

「な、何？」

「おまえたちのバックにいるのがロレッタだと……その情報に嘘偽りはないのかと聞いているんだ」

「ひっ⁉」

怯《おび》えたような声を出す長髪の男……

いかん。少し頭に血がのぼってしまい、昔の俺が顔を出していた。

昔――それはまだ、俺が教師としてあの学園に赴任する前のこと。

騎士団に所属し、戦場を駆け抜けていた頃の顔だ。

当時の俺は戦いに明け暮れ、来る日も来る日も血生臭い道を歩いた。

多くの仲間を助け、同時にその死とも直面してきた。

あの頃は今と違って、世界中が戦いの渦の中にあったからな……まさに地獄のような日々だったよ。

思えば、よくあそこから賢者なんて呼ばれるようになったものだ。

一歩道を踏み外していたらどうなっていたことか。

それこそ、廃人同然の暮らしをしていたかもしれない。

……いや、俺の話はどうでもいい。

問題はヤツらの話の信憑性《しんぴょうせい》だ。

「あ、あんたは一体……」

「おまえたちの言ったロレッタという男は、俺の教え子なんだ」

「お、教え子？　そ、それじゃあ！　あんたがオーリン・エドワースか⁉」

男のひとりが、突然俺の名を叫ぶ。

あまりにもいきなりだったので面食らってしまったが……まいったな。たったそれだけのことで、先ほどの「ロレッタ黒幕説」がグッと真実へと近づいてしまったのだから。

「どうして俺の名前を……」

「ボスがよく口にしていたから覚えたよ」

「あんた、たいした男なんだってな」

「お、俺たちと一緒に来いよ！　あんたがボスの言う通りの人だったら、天下が取れるぜ！」

「…………」

何も反応できなかった。

俺には、あのロレッタがそこまで落ちぶれるなんてとても考えられなかった。

これはきっと何かの間違いだ。

だが、彼らの話しぶりからして……やはり、あのロレッタが――

冷静さを欠こうとしていたその時、背後から声がした。

「先生！」

この状況を見守っていたパトリシアの叫びだった。

振り返ると、彼女の目には涙が浮かんでいる。

「パ、パトリシア……？」

「ブリッツ先輩たちがあんなに褒めていたロレッタさんが――何より、先生のもとで学んだロレッタさんがそんなことをするはずがありませんよ！」

パトリシアは力強く言いきった。

……そうだ。

どうかしていたぞ、俺。

あの子の言う通りじゃないか。

出会って間もないチンピラ同然の冒険者たちだ。どこかで得た情報を適当に喋《しゃべ》って、それが偶然当たってしまったという可能性だってある。真実を見極めるためにも、彼らとはじっくりとお話をしなくてはいけないようだ。

「ありがとう、パトリシア。もう大丈夫だ」

「せ、先生……」

この状況でこんなことを思うのもなんだけど……パトリシアは成長したな。学園に入ってきた頃はすでにエリートっぽい立ち振る舞いだったけど、施設にいた頃はどちらかというと泣き虫で気弱な印象だった。

学園に通う決意をしてからたくましくなったと聞いていたが、今も伸び続けてくれて嬉しい限りだ。

おっと、少し逸《そ》れた話を、そろそろ戻すとするか。

「さて、それではそろそろ吐いてもらおうか？」

「は、吐くって？」

「どうして俺の名前を知っていたのか、だ。わざわざ教え子であるロレッタの名前まで持ち出して……どこの誰に聞いたんだ？」

「だ、だから！　さっきから言っているだろ！　俺たちのボスが、その竜狩りのロレッタなんだよ！」

ここへ来て、まだシラを切る――と、思ったが、どうにも様子がおかしい。

ロレッタが名のある冒険者になったという話は聞き及んでいるため、それを使って脅《おど》しをかける作戦かもしれないというケースも想定していたが、どうも彼らは本気で自分たちのボスがロレッタだと言っているみたいだ。

だが、やはりあのロレッタが今さら悪事に手を染めるとは考えにくい。

そうなると、残された可能性はひとつだけ。

「ロレッタの名前を騙《かた》る偽物がいる？」

そもそも、彼らがボスだというロレッタ自体が本人ではなく、その名を騙る不届き者だという線だ。

もしそうならば、彼らが自分たちのボスをロレッタと言いきっているのにも説明がつく。

だが、どちらにしても教え子であるロレッタの名誉を著《いちじる》しく傷つけるその行為であるのには間違いない。

元担当教師として、このまま見逃すわけにはいかないな。

「だったら、案内してもらおうか」

「えっ？　あ、案内って？」

「おまえたちのボスのところだ」

俺は彼らにそう告げた。

「ボ、ボスのところへ……？」

「そうだ……確認をしたいんだ。おまえたちの言うボスとやらが、本当に俺の知るロレッタなのかを」

ここでやりとりをしていても、根本の解決には至らない。

結局は憶測の域を出ないのだ。

やはりここは、直接そのボスとやらに会う必要があるだろう。

真偽を確かめるという目的もあるが、ロレッタの居場所について詳しい情報が分かるかもしれないという狙いもあった。

彼らのボスが偽物だとしたら、俺の存在などロレッタにまつわる詳しい情報を手に入れている――或《あ》いは、直接彼に会って聞き出した可能性もあった。

つまり、学園を去った後のロレッタの所在も耳にしているかもしれないのだ。

ふたつの目的を果たすため、長髪の男にそう提案をした。

「や、やめておいた方がいい」

男から返ってきたのは、想定通りの返事だった。

部下である彼らからすれば、この失態でボスの正体が明かされてしまうかもしれない。そうなったら、責任を負わされるのはバカ騒ぎを起こして返り討ちに遭った自分たちだ。見せしめのためにどんな惨《むご》たらしい罰が待っているか分からない。

以上の理由から、ためらう気持ちは分からなくもないが……俺が気になったのは、拒否の仕方が少し気になった。

男は俺に「やめておいた方がいい」とやんわりした表現で告げた。

本当に会わせる気がないのなら、「教えねぇ」とか「断る」とかでいいはず。こちらを気遣うような言葉遣いが引っ掛かったのだ。

「それはどうしてだ？」

「……あんたが本物のオーリン・エドワースだったとしても、今のボスはあんたに会おうとはしないぜ」

「なぜ？」

「変わっちまったんだよ……あの人は」

「？」

俺は違和感を覚えた。

ロレッタが変わってしまったと語る男の表情――なんて悲しげなんだ。

それに、彼はハッキリと変わったと口にしたが、その言い方では変わる前のロレッタを知っているということになる。

「君は……ロレッタと付き合いが長いのか？」

「それほどでもねぇ。かれこれ一年くらいだが……最近のあいつの言動には、正直ついていけないと感じる時がある」

「何？」

ますます謎が深まったな。

こうなってくるともはや別人だ。

「……変なことを聞くが、そのロレッタというのは本物のロレッタか？」

「間違いない。むしろ偽物だったらどれほどよかったか」

男は迷う素振りも見せずに即答した。

「何年か前にフラッと拠点としていた町を出て行ったかと思ったら、つい一年ほど前にまだ戻ってきて冒険者稼業を再開させたんだ。俺たちはあの人に憧れて冒険者の世界に入ったっていうのに……むしろ別人だったらどれほどよかったことか……」

ついには涙声になる冒険者の男。

彼らの犯した罪を許せないという気持ちに変わりはない——が、なんだか少し同情してしまうな。

「ふむぅ……パトリシア」

「はい」

「君はどう思う？」

「……正直に言いますと、彼が嘘をついているようには思えません」

それもまた、俺の意見と一致していた。

「俺も君の意見と一緒だ。こうなると、ますますロレッタに会ってみないと」

本当に限られた事例ではあるが、たとえば人格を乗っ取ったり、顔や声、さらには体格までもそっくりに変身できるアイテムや魔法も存在している。

もちろん、そのようなものは簡単に入手したり会得できたりするものでないが……可能性がゼロでない以上、調べてみる必要がある。

俺はロレッタに会うため、ある決断を下した。

「……念のため、他のみんなを呼んでこよう」

「と、いうと？」

「黄金世代を集結させる」

四人に事件の顛末《てんまつ》を話し、意見を求めよう。

俺よりもプライベートな付き合いもあった四人なら、俺の知らない事実を胸に秘めているかもしれないし。

でも、その前に、男たちからさらに詳しい情報を聞きださないとな。

……残念ながら、登山用アイテムの購入はまた今度になりそうだ。

その後、ロレッタの仲間と名乗った男たちは、駆けつけた騎士団によってその身柄を拘束されることになった。

俺とパトリシアはこの騒ぎにもっとも深く関わった者として事情を話すことになったのだが、どのみち、国王陛下に島での一件を報告する必要があったので、そのついでに協力する流れとなった。

パトリシアたちには城の中庭でお茶会を楽しんでもらい、その間、俺は男たちへの取り調べに付き合うことに。

その取り調べが行われる部屋に入ろうとしたら、エストラーダ騎士団をまとめるバルフェル騎士団長とバッタリ出くわす。

どうやら、彼も今回の取り調べに同席するらしい。

町で冒険者が起こした騒動に騎士団長が介入するというのは極めて異例なのだが、背景にはどうも俺の存在があるらしかった。

「連行してきた騎士たちから話はうかがっています。彼らのリーダーはあなたの元教え子だとか」

それを聞いて、わざわざ足を運んでくれたのか。

「どうもそのようです――が、俺はまだ信じていません」

「と、いうと？」

俺は自分の考えをバルフェル騎士団長へ包み隠さず語っていく。

騎士団長はただ黙って耳を傾けており、こちらがすべて話し終えてからゆっくりと口を開いた。

「どうにもキナ臭いですな」

「えぇ……」

「そのロレッタという男の正体――気になっているのでしょう？」

「実を言うと、彼をラウシュ島で発見された新しいダンジョンの探索責任者に任命しようと思っていたんです」

「それはまたなんというタイミングで……」

バルフェル騎士団長は必死に言葉を探しているようだったが、さすがにこれ以上部屋の前で突っ立っているわけにもいかない。

「とにかく今は真実を明らかにしたいと願っています。そのために、彼らからロレッタの居場所を聞き出し、直接話に行こうと計画を練っているんです」

こちらの訴えは、バルフェル騎士団長へと届いたようで、いくらでも協力すると約束をしてくれた。

心強い味方が増えたところで、一緒に部屋へと入っていく。

すでに取り調べは始まっており、ここまでに分かった情報をまとめた紙をこちらも忙しい中で参加してくれたグローバーが渡してくれた。

その中には、ロレッタが現在拠点として生活をしている町の名前も書いてあった。どうやら国外の町らしい。

「ゼオス、か……」

聞いたことのある名前だな。

……お世辞にも治安がいいとは呼べない町だったはず。

さらに、冒険者の男たちは事件を起こした動機として、最近のダンジョン探索でまったく成果をあげられず、このままでは追放するとリーダーのロレッタに告げられて自暴自棄になっていたという。

仮にそのロレッタが俺の知るロレッタであれば、その証言もまた信じがたいものだった。

うちのクラスへ来てからのロレッタは後輩の面倒見もよく、下の学年の子たちから好かれていた。

ブリッツやジャクリーヌのように、少し近づきがたいオーラを出している先輩に対し、なかなか声をかけられないという下級生からの要請を受け、よく橋渡し的な役割をしていたと記憶している。

意外と世話好きな一面があるんだよな。

だからこそ、男たちが語った、突き放すような態度を取るとは到底思えなかったし、そんなイメージが浮かばないのだ。

結局、彼らは王都で俺たちに話してくれた情報以上については何も知らないらしく、ただ間違いなく自分たちのリーダーはロレッタで間違いないと主張した。

「ロレッタ……」

数年前に姿を消し、戻ってきたら別人のように荒れていた。この証言が正しいなら、その数年前に何かが起きてしまい、性格が一変してしまったと捉えるべきか。

……いや、やっぱり信じられない。

この目で確かめるまではあいつを信じる。

ロレッタ捜索の意思を固めた俺は、パトリシアたちと合流し、そのまま国王陛下へ報告に向かう。

最初はグローバーに話を通そうと思ったのだが、国王陛下が直接会って話を聞きたいと言ってくれたおかげで実現したのだ。

短い間ではあるが、国外での活動を認めてもらうことと、非常に優秀なロレッタを島の調査チームに冒険者代表として招き入れたいという旨を伝える。

しかし、そのロレッタには悪い噂が付きまとっており、それを確認してから改めてお願いしたいと付け加えた。

この虫のいい提案に対し、国王陛下は――

「分かった。君の判断に任せる」

ふたつ返事で了承してくれた。

まさかここまですんなりと話が進むなんて思ってもいなかったので、思わずボーッとしてしまい、返事が遅れてしまう。

「どうかしたか？」

「い、いえ、ありがとうございます、国王陛下」

「気にする必要はない。信頼している君が必要な人材というのだ。もし本当に協力をしてくれるというなら楽しみだよ」

信頼。

その言葉がサラッと出てくるなんて……本当にありがたい。

学園に勤めていた時は、あまりそんな風に言ってもらえた記憶がないからな。ただただ煙たがられていたよ。

感激しつつも、俺は気持ちを引き締めていた。

まだ彼が正式に島の調査団に入ると決まったわけじゃない。

俺はロレッタが悪事に手を染めていないか確認しなければと思っていたが、手を染めていなかったとしても、ラウシュ島の調査の手伝いは断られる可能性だってあるのだ。

いずれにせよ、ロレッタと会って話をしないことには進展しない。

とにもかくにも、行くしかないのだ——ゼオスへ。

†

国王陛下から国外へ出る許可を得た俺は、一度ラウシュ島へと戻り、拠点である村の、詰め所として使っている屋敷の私室に黄金世代の四人を集めた。

港で起きたロレッタ絡みの騒動について説明する。

「なんと！　あのロレッタが！」

「し、信じられないわ……」

「エリーゼと同意見ですわ。もっと言えば、その男たちのボスがわたくしたちの知るロレッタであるとはどうしても思えませんわね」

「僕もジャクリーヌと同じ意見です。最初に会った時は確かに粗暴なヤツだったけど、最後の方はみんなで仲良くやれていたのに……」

四人の反応は概《おおむ》ね予想通りだった。

特にショックを受けているのはもっとも仲の良かったブリッツだ。

放心状態となっていたが、しばらくするとハッと我に返ってこちらを見つめる。

「……先生はどうお考えですか？」

ようやく言葉を絞り出し、俺に判断を仰ぐ。

「俺はみんなと同じで、ロレッタを信じている――だからこそ、事実確認は必要だろうな」

「私もそう思います」

「じゃあ、すぐに行きましょう！」

「ウェンデル、落ち着きなさい。そう簡単な話じゃありませんわ」

ジャクリーヌの言う通りだ。

というのも、あの男たちがボスと呼ぶロレッタがいるのは国外の冒険者ギルド。一応、国外に出るというのはエストラーダ王に報告済みであるため、それ絡みのトラブルは起さないのだろうが、
逆に言うと、まったく知らない土地へ足を踏み入れることになる。

おまけにそこはゼオスという治安の悪い町。

何かしらの厄介事に巻き込まれる確率は低くないだろう。

……それでも、行かなくちゃいけない。

「先生は彼を訪ねるつもりなのですね」

何やら思いつめたような声でそう告げたのはエリーゼだった。

その眼差しは――『私も連れていってください』と雄弁に語っている。

……俺としても、ひとりで行くつもりはない。

「エリーゼ……君の期待には応えられそうだ」

「えっ？」

キョトンとしているエリーゼを横目に、俺はその場にいる全員に呼びかけた。

「最初に伝えたように、エストラーダを出国してゼオスへと渡り、ロレッタと直接会うつもりではある。明日にも出発しようと思うのだが……その際、君たち四人は俺に同行してもらいたい」

黄金世代の四人は、再び互いに顔を見合わせた。

相手が本当にロレッタだとしたら、説得できるのは彼らしかいない。

それに……俺としても、彼の優れた才能は正しいことに使ってもらいたいと思う。

もし偽物だとしたら、成敗すればいいだけ。

やるべき内容は実にシンプルなものだ。

ただ、ひとつ問題点がある。それはこの島の調査を仕切る者の存在だ。

いつもならその役目をブリッツが果たしてくれるのだが、今回の旅に当たり、彼にはロレッタの説得という大役を務めてもらう。黄金世代の中でも特に彼と親しかったブリッツは、この作戦の要《かなめ》とも言えた。

そのため、基本的にはドネルやターナーに留守を任せようと考えているが——今回、お留守番をお願いするあのふたりにも、俺の口から直接お願いをしておくべきだな。

ブリッツたちにはそれぞれ明日の準備を整えてもらうために解散。

入れ違うように、今度はパトリシアとイムを呼ぶ。

騒動に関わっていたパトリシアはともかく、状況をほとんど知らないイムだが、かつて俺の教え子で黄金世代と同期である人間が絡んでいるというのは何となく理解していたらしかった。

——だが、今回ふたりを連れてはいけない。

恐らく、これまで以上に危険な旅路となる可能性があるからだ。

その件をやんわり伝えると、

「分かりました」

「留守は任せて！」

「あ、あぁ」

意外にもすんなり受け入れてくれた。

もっと大反対すると思っていたんだが……ふたりとも、成長したみたいだな。

「余裕があれば、お土産《みやげ》でも買ってくるよ」

「楽しみにしています！」

「頑張ってね、先生！」

「おう」

ふたりから笑顔で声援を送られたのだ。

こうなったら、必ず真実を掴んでやる。

そして、本物のロレッタを招集する。

新たな使命を胸に秘め、ヤル気を燃え上がらせる――と、急にイムが俯いて元気のない声を出す。

「あの、先生……出発を遅らせることはできないかな？」

「何っ？　それはどうしてだ？」

予想もしていなかったイムの言葉に驚いて、俺はそう切り返す。

だが、当のイムは何やらモジモジとしていてなかなか説明をしない。もしかしたら、したくてもできないんじゃないのか？

「イムさん？　きちんと理由を説明しなくては先生も困ってしまいますよ？」

「そ、そうなんだけど……」

「前に言っていた、変な気配がするんだろう？」

「っ!?　どうして分かったの!?」

俺の指摘は図星だったらしく、イムは思わず大声で反応する。

「ただの勘だよ。それより、またあの気配が？」

「そ、そうなんだけど――」

「オーリン殿、よろしいですか？」

イムとの会話に割って入ってきたのはターナーだった。

「おっと、お取り込み中でしたか」

「構わないよ。それよりどうかしたのか、ターナー」

「パジル村のセルジ殿が、オーリン殿に至急お話ししたいことがあるそうで」

「セルジさんが？」

「お父さんがどうして……」

パジル村の人たちが来訪するというのは珍しい話じゃない。

ただ、「至急お話ししたい」という、まるで差し迫った状況であるかのような言い方が気になった。もしかしたら、ここ数日のイムの異変と何か関係があるのかもしれない。

俺も旅の準備をしたいところではあるが、ここはセルジさんとの話し合いを優先させようと彼を詰め所の私室へと招き入れた。

ちなみに、イムとパトリシアにはそのまま私室に残ってもらうことに。


「忙しいところをすまない」

「気にしないでください。それより、何やら急いでいるようでしたが……」

「おっと、そうだった。ぜひ君の耳にも入れておいた方がいい情報だと思ってな」

「情報ですか？」

新たにこの島の謎を解くヒントを発見したとか？

気になるその情報とは――

「明後日にもこの島を嵐が襲う。すぐに対策を講じるべきだ」

「あ、嵐？」

大真面目に訴えるセルジさんだが、なぜそんなことが分かるのだろう。

魔法を使っても天候を先読みするなんてマネはできないというのに。

「なぜ嵐が来ると分かるんですか？」

「パジル村に暮らす一部の村民は、嵐が近づいてくると空の様子が変わっているように思えたり、変な気配を感じるようになったりするんだ」

「あっ、それって……」

そう口にしたパトリシアの視線は、自然とイムへと向けられた。

俺もつられて視線が動いてしまうのだが、恐らく浮かんでいる考えは彼女とまったく同じだろう。

「セルジさん……実は、イムにも数日前から似たような現象が見られたんです」

「えっ？　イムに？」

驚きを隠せない様子のセルジさん。やはり、イムはパジル村の一部の人間が持つとされる嵐を読む能力に目覚めたというわけらしい。

イム自身はそれが嵐を予知する力であると認識していなかったようで、ずっと胸の中にあったモヤモヤが無事に解決し、晴れ晴れとした表情でパトリシアと喜び合っていた。

可愛らしい光景だなぁと目を細めていたが、平和なままでは終われない事態であると忘れてはいけない。

「嵐の規模はどれくらいでしょうか」

「うーん……こればっかりは来てみないとなぁ」

そこまで万能ではないようだが、到来するのは確実であるとセルジさんは断言する。

「タイミング的には最悪だな……」

せっかくロレッタを捜索する旅に出ようとしていた矢先の嵐。

なんだか、先行きの不安さが天候に表れたようであまり気分は良くなかった。

――しかし、いつまでもそんなことを言ってはいられない。

嵐の件を伝え終えたセルジさんは村へ帰ろうとしたが、すでに夜も更けており、獲物を探す獰猛《どうもう》なモンスターも姿を見せる時間帯だ。

拠点周辺こそジャクリーヌやパトリシアの結界魔法で守られているため、モンスターの侵入を許さないが、歩いてパジル村へ戻るというのは賛同しかねる。

なので、セルジさんにはこの詰め所へ泊っていってもらう。

心配するといけないので、ジャクリーヌの使い魔に手紙を持たせてパジル村へと派遣する。

これなら、シアノさんたちも安心できるはずだ。

俺たちの拠点で一夜を過ごすと決まった直後、セルジさんは内装に興味を持ったらしく、中をじっくりと見て回っていた。

その間、俺はターナーやカークたちを集めて事情を説明。そこへさらに旅の支度を整えた黄金世代も合流する。

「あ、嵐ですか……」

「タイミングが悪いですわね」

「これぱっかりは仕方がないわ、ジャクリーヌ」

「そういうこと。神様が『まだ行くな』って忠告してくれているのかもしれないよ？」

黄金世代の四人はロレッタ捜索が延期されたと聞き、落胆――が、すぐに立ち直って嵐を乗り切るため、詰め所の強化をすると気合を入れていた。

ターナーやカークたちにも、自分たちの持ち場が嵐の影響で甚大な被害を受けないよう、対策を実施してくれと伝えた。

嵐が訪れるというのは事前に聞いていたので、こうした事態を想定したプランはいくつか練ってあるし、共通認識として話してある。なので、ターナーもカークも、何をどうすればいいのか、作業の流れは頭の中に入っているようだった。

残りの問題としては――自然災害か。

以前、ブリッツたちが発見したあの大河……降水量によっては氾濫《はんらん》するかもしれないという懸念があった。拠点からはだいぶ離れているので平気だろうが、問題はターナーたちが作ってくれた中継地点の屋敷だ。

一応、ジャクリーヌの結界魔法は張ってあるのでよほど大規模な氾濫でない限りは平気だと思うが、これは希望的観測だな。

あちらの屋敷は最悪の場合、再建という形になるのだろうが……この拠点だけはなんとしても被害ゼロでクリアしたかった。

それと、セルジさんの許可を得てからこの情報を王都にいるグローバーへいつもの水晶玉を介して伝えた。とはいえ、あくまでも島民による感覚的な話なので断定はできないと注意をしておく。

エストラーダも嵐による被害は年間を通して結構あるらしいからな。ただ、時間が差し迫っているため、完全に漁業を停止させるのは難しいかもしれない。少しでも被害を抑えられたらというところか。

グローバーは可能な限り対処すると言ってくれたので、今はそれを信じるしかないな。

あとは、俺たちの拠点に悪影響が出ないよう、こちらも全力でやれるだけの対処をしていかないと。

ロレッタ捜索のはずが、まさかの寄り道になってしまった——が、俺がこの島にいる間に起きてくれたのは不幸中の幸いと言うべきかな。

連絡もひと通り終えたし、今日は早いところ休むとするか。

†

次の日は朝から大忙しだった。

まず、カークたちは農場の野菜に被害が出ないよう、ルチアの結界魔法で農場全体を覆うという対策を取った。

まだまだ見習いレベルのルチアだが、師匠と慕うジャクリーヌの協力もあってなんとか成功させる。かなり広範囲にわたって結界を張ったため、ルチアは魔力をほとんど使い果たしてしまい、リンダに肩を借りる形でしか移動できないほど疲弊《ひへい》していた。

その頑張りもあって、農場の方はバッチリの備えができた。

続いて、港の整備をしているターナーたちの様子を見に行く。

こちらはさすがに結界魔法では覆えないほどの規模なので、職人たちが総出でシートをかぶせたり、修繕箇所を厳重に固定するなど対応に追われていた。

状況を確認し終えると、俺は屋敷へと戻ってくる。

すでにこの手の作業を得意とするウェンデルが中心となって、拠点にある建物の補強が行われていた。

力作業はブリッツが担当し、大まかなところはジャクリーヌが得意の魔法でフォローを入れていく。一応、農場と同じように結界魔法が張られているが、もしもの事態を想定してやれるだけのことはやっておこうという話からこうして作業に励んでいる。

しかし……驚かされるのはジャクリーヌの魔力量だ。

メインでやっていなかったとはいえ、農場の結界魔法で使用した魔力量はルチアとそれほど大差がない。

だが、ルチアの方は動けなくなるくらい疲れきっているのに、ジャクリーヌはここから自分たちの住む家や詰め所の結界だけじゃなく、ブリッツの作業もフォロー。さすがは千変の魔女と呼ばれるだけはあるな。

「すまない、ジャクリーヌ」

「皆まで言わなくても分かるわよ。この木材を渡せって言うのでしょう？」

「さすがだな」

「あなたと組んだのは昨日今日の話ではありませんもの」

「それもそうだな」

息の合ったコンビネーションを見せるブリッツとジャクリーヌ。あのふたりは戦闘でもコンビを組むケースが多かったので、あれくらい造作もなくやってのけるだろう。

一方、浮かない顔をしているのはエリーゼだ。

「何か不安でもあるのか、エリーゼ」

「オーリン先生……」

何やら落ち込んでいる様子のエリーゼだが……その内容については大体見当がついている。

「私は他の三人に比べて、この島での調査に貢献できておらず申し訳なくて……」

案の定、俺の読みは当たった。

責任感の強いエリーゼは、自分の聖女としての力が役に立っていないと思い悩んでいるようだ。

しかし、実際はそうでもない。

ブリッツやジャクリーヌに比べると地味ではあるが、彼女がもっとも得意とする回復魔法は黄金世代だけでなく、作業中に負傷した職人たちの怪我も癒している。医者のいないこの島において、エリーゼの存在はとてつもなく重要なのだ。

この場にいるエリーゼ以外のメンバーはそれを深く理解している。中でも、ブリッツは真っ先に反論した。

「そんなことはないよ、エリーゼ。君がいなければ、僕たちは存分に力を発揮できないんだから。みんな君を頼りにしているよ」

「ブリッツの言う通りだ。君は十分すぎるほどに貢献してくれている」

「先生……ブリッツ……」

必死の訴えは届いたようで、エリーゼは笑顔を取り戻していた。

ちょうどその頃、パトリシアやイムとともに補強作業に取り組んでいたクレールが俺たちのもとへと慌てた様子でやってくる。

「オーリン先生、東の空を見てください」

「東の空――むっ？」

クレールの言う東の空には鉛色をした雲が広がっており、それはこちらへと近づいてきているようだった。

「雨雲か……それもかなり大きい」

「パジル村のセルジさんが言っていたことって本当だったんですね」

感心と呆れが混じったような声でウェンデルが言う。

イムもそうだったが、すべて感覚での話だったから信憑性に欠けるのではという不安もあったが……ピタリと言い当ててしまうとは恐れ入った。

しかし、これはエストラーダ側からすると朗報だ。

何せ、これまで嵐を予測することは不可能とされており、造船や漁業関係者に多大な被害をもたらしてきたからな。それが事前に分かるとなったら対策も練られて被害を最小限にとどめることが可能になる。

これだけでも、経済効果としてはかなりプラスとなるんじゃないかな。たぶん、あの雨雲を見てエストラーダ王都は騒然となっているのかもな。

残念ながら、今はそれを確認している暇がない。

俺たちは俺たちで、被害を最小限に抑えるための作業を続けていかなくては。

少しずつ雨雲が接近する中、大急ぎかつ丁寧に補強は進められ、目標の八割ほどに到達しようとしたまさにその時——上空からポツポツと水滴が落ちてきた。

「来たか。作業はここまでにして、建物の中に入るんだ」

拠点で作業をしている者たちに告げると、今度はカークたちのいる農場へ走って同じ内容を伝え、次は港で作業中のターナーたちに呼びかける。どちらも作業を完璧にやり終えてはいないが、さすがにもう時間切れだった。

エストラーダで生まれ育ったカークたちは、嵐の怖さを知っているため即座に撤退。ターナーたちは粘ろうとしていたが、地元組に説得されて帰還。それから一時間と経たないうちに雨は本降りとなった。

こうなったら、あとは少しでも早く通り過ぎてくれるのを祈るしかないな。

†

ラウシュ島を襲った嵐は翌日になっても雨と風の勢いが衰えず、むしろ強まっているようにさえ感じるほどだった。

俺たちはもっと頑丈に作られ、また大勢が寝泊まりできる詰め所へと集まり、嵐が去るのをジッと待ち続けていた。

「物凄い雨ですね……」

「風も強くなってきたよ」

不安そうに窓から外を見つめるパトリシアとイム。

怖いのは雨や風だけでなく、すぐ近くに見える海は荒れ狂い、高波が発生していた。この拠点にまで影響が及ぶほどではないが、こんな日に海へ出たら間違いなく命を落とすだろう。

「ギアディスではこのような嵐は起きませんでしたね」

「暴風雨はたまにあるが、ここまで激しいのはないな」

長くギアディスで暮らしていた俺やパトリシア、そして黄金世代の四人にとっては初めて経験する規模の嵐だ。

今のところは結界魔法と各建物の補強もあって目立った被害は確認できない。農場や港も心配ではあるが、この暴風雨の中を出て行って見てこようという者はいなかった。

――そういえば、パジル村の人たちは大丈夫だろうか。

海から離れている場所にあるとはいえ、この風と雨をテントでしのぐは難しそうに思えるのだが。

「イム、パジル村の人たちは嵐を乗り越えるために何か策を講じているのか？」

「基本的にはテントの中で過ごしているよ。あまりにも雨風に勢いがある時は、近くにある避難用の洞窟に移動するけど」

「ほぉ……そんなのがあるとは」

この地に暮らして長いだけあって、きちんと対策を練っているわけか。

詳しく話を聞くと、この程度の嵐ならば村人たちは慌てないだろうとイムは口にする。俺たちギアディス育ちの者からすれば、正直、この世の終わりでも到来したのかってほどの暴風雨だが……これはまだまだ序の口というわけか。

「こいつは想像以上だな。今後、この規模の嵐が定期的に訪れるというなら島の中につくる中継地点の場所も注意していかないと」

嵐がよく発生するという話はグローバーから聞いていたものの、まさかこれほどの規模とは思わなかった。中央にある大きな山の周辺では土砂崩れの危険もあるため、拠点を決める際にはそうした危険も考慮しなければならないだろう。

「パジル村の人たちも心配ですが、私たちの船は大丈夫でしょうか？」

パトリシアが不安そうに呟く。

だが、あっちの方がむしろ安全だ。

「安心していいぞ、パトリシア。船はジャクリーヌが魔法で守ってくれる。何も心配はいらないさ」

「ジャクリーヌ先輩が？　それなら問題ないですね！」

全幅の信頼を寄せているな。

ここ最近、パトリシアの鍛錬は武術よりも魔法に時間を割くことが多くなっていた。

ジャクリーヌが師匠としてルチアとともにパトリシアを鍛えてくれているが……正直、ジャクリーヌがここまで面倒見のいい性格になるとは思ってもみなかった。そういう意味では、学園時代を通してロレッタの次に性格が変わった教え子かもしれない。

「はあ……早く雨がやんでくれないかなぁ……鍛錬がしたいよぉ……」

恨めしそうに雨雲の空を見つめるパトリシア。

体を動かせないので退屈なようだが、頑張りすぎるこの子にとってはいい休息の雨となったようだな。

第11話　嵐のあとに

嵐が上陸した翌日。

まるで昨日までの暴風雨が嘘だったかのようにラウシュ島は穏やかな陽気に包まれていた。

「やっと晴れました！」

「今回は長かったねぇ」

ようやく鍛錬が再開できるようになり、パトリシアとイムは朝からご機嫌だった。

――が、対照的にご機嫌じゃないのは職人たちだ。

「被害状況の確認を急いでくれ！」

忙《せわ》しなく職人たちに指示を飛ばしているのはターナーだ。思えば、この島で彼らが拠点地作りに精を出してから昨日までのような嵐は初めてだったからな。どんなところに不具合が発生しているのか、チェックを急がせているようだ。

まあ、もともとこの辺りは天候が荒れやすいって話だから、こういった事態は今後も想定されるだろう。

雲ひとつない快晴でも、わずか数時間で嵐のように荒れ狂うとも言われていた。

さすがにそこまでの短時間では補強作業なども到底間に合わないので、日頃からの備えが大事だなと認識する。

これからはいつ嵐が起きても大丈夫なように、作業が遅れてもいいので対策をしておく必要がありそうだ。

本当なら、晴れて海が穏やかになった瞬間に飛び出してロレッタの捜索に当たりたいが、さすがにあれだけの嵐が去った後の被害状況を何も確認しないまま島を出るというわけにはいかない。その辺はブリッツたちも理解してくれているようだ。

さて、気になるその被害だが……思ったよりも軽傷だったようだ。

エストラーダで生まれ育ったターナーは嵐絡みの事情を把握していたため、すぐに対処できたのも大きかった。若いながらも本当に頼れる存在だよ。

ターナーが職人たちからの状況説明内容をまとめ終えると、改めて俺のもとへと来て報告を行う。

ちょうど農場組も確認作業を終えたようなので、代表者であるカークだけを残して一緒に話を聞くことにした。

「港の損害は軽微で、特に緊急の修繕を要するものはありません」

「農場も同じく、目立った被害はありませんでした」

「それは何よりだ」

ふたりからの報告を受けた俺はホッと胸を撫《な》で下ろす。

「これもすべては限られた時間の中でターナーやカークが頑張ってくれたおかげだな。礼を言うよ」

「そ、そんな……」

「きょ、恐縮です」

「今後もよろしく頼むよ」

「「はい！」」

深々と頭を下げて、退室するターナーとカーク。

すると、入れ違いにパトリシアとイムが執務室へやってきた。

「先生！　鍛錬をしましょう！」

「しましょう！」

「そうだな。じゃあ、ジャクリーヌとブリッツを呼んで外に行こうか」

「すでに声をかけてありますのでご心配なく！」

「ははは、ヤル気満々だな」

鍛錬はもともと被害状況を確認し終えた午後からにしようと決めていたのだが……どうやらパトリシアもイムもそれまで待ちきれないといった感じだ。よほど体力が有り余っているのだろうな。

若いって羨《うらや》ましい。


俺たちは詰め所を出ると、裏庭へと回る。そこは鍛錬用に少し広めのスペースが確保してあって、すでに師匠役であるジャクリーヌとブリッツが待ち構えていた。

「最初から全開で来い、イム」

「うん！」

「パトリシアさんも、遠慮はいりませんよ」

「はい！」

早速、ふたりは鍛錬を開始。

まずはパトリシアの方から見ていこう。

最近はジャクリーヌからの指示により、魔法の精度を上げる鍛錬を繰り返している。体術に関しても非凡な才能を持っているが、こうして実戦形式の鍛錬を眺めていると、やはり彼女はどちらかというと魔法の扱いがうまい。

一方、イムは自然豊かな島育ちということもあってか、同年代の子たちに比べてスタミナと身体能力が図抜けている。

ブリッツもそれを重々承知しており、スピードを生かす剣術を叩き込んでいた。素手での戦いに慣れていたイムは剣の扱いに困惑していたものの、最近は様になってきている。

ふたりのこれからが楽しみだとほっこりしていたら、森の様子を見に行っていたウェンデルとエリーゼが帰ってきた。

「オーリン先生、ただいま戻りました」

「いろいろと大変でしたよ、もう」

「お疲れ様、ふたりとも。森の方はどうだった？」

「それが……ちょっと気になることが……」

エリーゼが何やら神妙な面持ちで語る。

これはちょっとまずい展開のようだと判断した俺は、続きを詰め所の執務室で聞くことにしたのだった。


「それで、何があったんだ？」

俺が問いかけると、まずエリーゼが口を開く。

「実は森を調査している途中で土砂崩れが発生している現場に遭遇したんです」

「ど、土砂崩れ？」

そっち方面の案件だったか。

確かに、俺は土砂崩れの危険性についても憂慮していた。島の中央にそびえ立つあの山を近くで見た時から、ずっと頭に浮かんでいたのだ。今回、嵐が発生する前にこちらへ戻ってきたから被害こそ出なかったものの、あのまま近くに滞在していたら危なかったな。

「どれほどの規模だった？」

「かなり広範囲にわたっていて、周辺の一部が通行不能な状態になっています」

「それは厄介だな……」

あの辺りは今後もっと入念に調べようと思っていたのだが……土砂崩れが起きたとなるとしばらく登山も難しいか。まあ、どのみち、王都では自称ロレッタの仲間という男たちが起こした騒ぎで登山装備を購入できなかったから、すぐには取りかかれなかったし、しばらく留守にするという状況も踏まえるとそこまで痛手ではないか。

あとはもうひとつだけ気になる点がある。

「発見したダンジョンへの影響は？」

「そちらに関しては問題ありません」

「よかった……」

入口がふさがれたって事態になっていたら最悪だったが、それは回避できたらしい。ダンジョンに入れなくなったら、ロレッタを捜しに行くよりもまずはそこを元通りにする作業に徹しなくてはいけなくなるからな。さらにロレッタ捜索が遅れ、ついには拠点を変えてしまうかもしれない……そうなると、手がかりは完全に絶たれてしまう。それがなくなっただけでも御の字だな。

「ダンジョン探索に影響がなさそうでよかったよ」

「はい！　これで心置きなくロレッタを捜しに行けますよ！」

興奮気味に語るウェンデル。

ただ、ダンジョンに影響はないとしても、土砂崩れをそのままにしておくのはよろしくないな。

こればっかりは魔法や魔道具でやるにしては限界があるし、最後はどうしても人力で土を運びだす必要が出てくるだろう。

優先度からすると、やはりここはまずロレッタ捜索の旅に出る方から手をつけるべきだろうな。

さっきも思ったが、いつまでもゼオスの町に滞在しているとは限らないし。

今日はこれからパジル村の様子も見に行くつもりだから、旅立ちは明日となりそうだ。

†

翌日。

「みんな、準備はいいな？」

「「「「はい！」」」」

ブリッツ、エリーゼ、ウェンデル、ジャクリーヌ――かつて、ギアディス王国内では知らない人の方が少ないとまで言われる黄金世代が集結し、ロレッタとの再会を目指してゼオスの町を目指す。

こうして見ると、みんな外見は大人になっているが……なんだろうな。学生時代の姿に見える気がするよ。

「こうしていると、昔を思い出すよね」

おもむろに、ウェンデルがそんなことを言う。

「確かに、な……浮かれている場合ではないが、ウェンデルの言うように学生時代の記憶がよみがえってくるよ」

「相変わらずお固いですわねぇ」

「ふふふ、ブリッツのそういうところは昔と何も変わっていないわね」

「それを言うならみんなも同じだろう？」

黄金世代の四人は談笑しながら、船へと荷物を運び込む。

……だが、気分は微塵《みじん》も緩みを見せていない。

楽しそうにお喋りをしつつ、気持ちを引き締めているようだ。

彼らほどの実力者であれば、よほどのことがない限り虚を突かれるなんてことはないだろう。まあ、それこそが黄金世代と呼ばれる所以《ゆえん》でもあるのだが。

ちなみに、パジル村はまったく問題なく、いつも通りの日常を過ごしていた。俺たちギアディス育ちの者たちにとっては心配になる嵐だったが、年に数回はあれくらいの暴風雨は来るらしいので、もう慣れっこだという。

俺たちもこれから調査をするために長居するわけだから、徐々にでも慣れていかないといけないな。

「こちらの荷物も運んでおきますか？」

「ああ。頼むよ、ブリッツ」

荷物の搬入は四人に任せ、俺は島に残る者たちへ指示を出しておく。

港を担当するターナーと農場を担当するカーク――このふたりに加えて、クレールを留守の間の拠点運営担当に指名した。

「わ、私に務まるでしょうか……」

俺から「拠点を頼むぞ」と告げられた直後のクレールはそう言うと自信なさげに俯いてしまう。

なんとか励まして気持ちを盛りあげてもらおうとしたのだが、俺よりも先にふたりの少女が動いていた。

「大丈夫ですよ、クレールさん」

「あたしたちもついているから！」

「ふたりとも……」

パトリシアとイムがすかさずフォローへ回ったのだ。

俺よりも先に動けるとは……しっかり成長しているな、ふたりとも。

「どうやら、この場は安心して任せられそうだな」

「はい！　お任せください！」

「先生がいない間に大発見しちゃうから！」

「ははは、実に頼もしいな」

今回は三人が留守番になるが、そこはさすが最古参。

俺の意図をしっかり汲んでくれそうだ。

まあ、怪我をしないように可能な範囲での調査をお願いしてあるから大丈夫だろう。とにかく無茶をせず、無事に過ごすことっていうのも課題として添えておいたからな。

真面目なふたりならきちんと聞き入れてくれるはずだ。

「先生、準備が整いました」

「よし」

ブリッツからの報告を受けて、俺はみんなに出発を告げる。

パトリシアたちの他、ターナーやドネル、それにカーク、バリー、リンダ、ルチアの四人と職人たちに見送られて船を出向させた。

海は昨日までの荒ぶっていた姿がまるで嘘であったかのように穏やかで、優しい潮風が旅立ちを応援してくれるように吹いている。

大陸へ着くまでの間、のんびりできそうだと思っていたのだが……

「ウェンデルが王都で遭遇した男たちが仲間となると……ロレッタについて調べている俺たちに対し、問答無用で襲いかかってくる者たちもいそうだな」

「とりあえず、そんな輩《やから》がいるのなら燃やすか凍らすかしますわ」

「も、もうちょっと穏便にできない？」

「大丈夫ですよ、ウェンデル。いざとなったら、私の回復魔法で元通りにしますから」

「そ、そういう問題でもないような……」

大賑わいの四人はすでにヤル気満々。

……やれやれ。

ゼオスの町の空気を考えると、十中八九ヤバそうな連中に絡まれるのだろうけど、その際にはこの四人を相手にしなければならない。声をかけてきた輩が不憫《ふびん》でならないよ。

ともかく、こうして俺たちの新しい旅が始まったのだった。

第12話　ゼオスの町へ

大陸へと渡った俺たちは馬車を調達してゼオスの町へ移動を開始しようとしたのだが――ここで意外な事態が発生する。

「オーリン先生だ！」

「ありがとう、先生！」

「先生のおかげで被害を出さずに済みました！」

「さすがは大賢者と呼ばれるお人だ！」

次々と王都の人たちが俺のもとを訪れて感謝の言葉を述べていく。最初は何がなんだか分からず戸惑っていたが、どうやら嵐が来るという情報のおかげで漁師たちが助かった件についてのようだった。

しかし、これは俺のおかげというわけじゃない。

ラウシュ島に住むパジル村の人々が予知したからこそできたのだ。

そのことを話すと、王都の人々は「パジル村の人たちに会ってお礼がしたい！」と口を揃えて言ってくれた。

これまで、ラウシュ島を「災いを呼ぶ島」として敬遠していた彼らにとって、パジル村の存在が公《おおやけ》になってからもどこか敬遠している素振りがあった。今でこそ、イムがよく王都にやってきているし、舞踏会でも活躍したので認めている人も多いが、懐疑的な意見を持つ者も根強く残っていたのだ。

だが、今回の件でパジル村への不信感はごっそり拭えたようだな。

とはいえ、まだまだ王都の民との直接のやりとりは早計だ。何せお互いに文化が違いすぎるから、余計な誤解を招きかねない。

焦らずじっくりと関係を構築していきましょうとだけ伝えると、「オーリン先生がそこまで言うなら」と理解を示してくれた。

気を取り直して、俺たちは馬車を調達。

地図でゼオスの町の位置を確認しながら王都を出る。それから丸一日をかけてエストラーダの国境へとたどり着き、隣国のゴルパド王国へと入った。

†

「ようやくゴルパドに着きましたね」

「ああ……だが、先はまだ長いぞ」

御者を務めるブリッツにそう告げてから、改めて地図に目をやる。

俺たちの目指すゼオスの町はゴルパドの最北端に近い。王都のように厳重な警戒が行われているわけではないのですんなりと入れるだろうが、逆に言うと、それだけザルということなのでいろんなヤツらが集まってくる町なのである。

それこそ、種族の壁も軽々と超えてくる。

獣人族やドワーフといった、エストラーダ王国では出会う機会の少ない種族も大勢いるらしい。

「ゼオスの町かぁ……ロレッタがいるとするなら、やっぱり冒険者ギルドになるのかな」

「冒険者を生業《なりわい》としている以上、そこへ集まるのは必然だろう」

「あまり良い評判を聞かない場所ですね……もしかしたら、違法な手段で手に入れたアイテムを売りさばくための拠点があるのかもしれませんね」

「いわゆる闇市場ってヤツですわね。はあ……荒くれ者が多そうで嫌ですわ」

途中、休憩のために立ち寄った泉でのんびりしながらも、これから向かう目的地の治安状況を想像してうんざりといった感じの表情を浮かべるジャクリーヌ。

他の三人も、これから向かう町が治安の悪いところであるということを重々理解しているのだが、それに対する恐怖心というより、厄介な連中を相手にしなければならないことに辟易しているようだった。

まあ、彼らの実力からすると、ゼオスの町の住人たちが総がかりで襲いかかってきてもブリッツひとりで軽くあしらうだろう。ジャクリーヌもそうだが、このふたりはどちらかひとりだけでも一国の騎士団に相当する戦力があるからな。ギアディスも、特にこのふたりが国外へ出て行かれるのは嫌がっただろうな。もちろん、エリーゼやウェンデルがいなくなっても相当なダメージになるのだが。

「さて……目指すは北、か」

そんな会話を終えると、俺たちはゼオスの町を目指して再出発。

ここからは御者をウェンデルに交代。

「地図を見る限り、この先にある渓谷を越えればゼオスの町が見えてくるはず」

「まだ結構かかりそうですね……」

一緒に地図を覗き込んでいたブリッツの声からは疲労感が出ていた。

それにしても、港で暴れていた三人組はこんな遠くまで成果を求めて旅をしてきたのか。話を聞く限り、かつては真面目な冒険者だったロレッタもある時期を境に変貌してしまったという……それでも、見捨てられないよう遠征するほど今も慕われているのか。

「とにかく、ゼオスで何かあってもすぐに対処できるよう、今のうちに休んで体力を温存しておきますわ」

「それがいいだろうな。ウェンデル、疲れたらいつでも言ってくれ。すぐに交代する」

「了解です」

ジャクリーヌの指摘はもっともだ。

向こうでロレッタの話を出しても、すぐに答えてくれる親切な者はいないだろう。そうなると……多少手荒なマネをしなくてはならないかもしれない。

その際は――俺も戦闘に参加する必要が出てきそうだ。

第13話　荒れた町

長旅の末、ようやく俺たちはロレッタが潜伏していると思われるゼオスの町へとたどり着いた。

初めて訪れた町だが……ハッキリ言って、お世辞にも「いいところ」とは言えない。

町全体の空気が淀んでいるというか、治安がよろしくないというか。

とりあえず、パトリシアとイムのふたりを連れてこなかったという判断は正解だったな。この町の空気に身を当てるには、まだ彼女たちは純粋すぎる。

それにしてもひどい景観だ。

町に並ぶ建物はどこもかしこもボロボロで、まともな物はひとつとして見当たらない。そこら辺に人が倒れているし、あちらこちらから怒号が聞こえてくる。

「想像以上に荒れているな」

「冒険者たちが集まる町――にしても、これは荒れすぎな気がするな」

「気をつけて進みましょう」

「はあ……これでロレッタがいなかったら最悪ですわ」

長旅直後ということもあってか、四人に覇気がなくなりかけている――ふむ。なら、少し思い出話をしようか。

「みんな、少し目を閉じてくれ」

俺がそう言うと、不思議そうな表情を浮かべつつ、指示に従う。

「さて、みんな思い出してくれ……二年前の夏に行った、あの砂漠のことを」

「「「「っ⁉」」」」

途端に、全員の顔色が悪くなる。

きちんと思い出しているようだな。

それなら、この町の様子がまるで違ったものに見えるはずだ。

「はい。終了」

そう言って、俺が手を叩くと四人が一斉に「ふぅ！」と大きく息を吐く。

「そ、壮絶だったな、あれは……」

「思い出しているだけで汗が出てきちゃったよ……」

「あれ以上に過酷な場所なんてないわね……」

「そう思うと、ここは天国ですわね……」

うんうん。

しっかり思い出してくれたようだな。

改めて町を調べていこうと思った矢先——恐れていた事態が起きた。

「おうおう、いい女を連れているじゃねぇか」

「お嬢ちゃんたち、そんなヒョロい連中なんか捨てて俺たちのパーティーに入れよ」

「こう見えて、ここら辺では名前の知られたパーティーなんだぜ？」

ガラの悪い五人の男たちが絡んでくる。

連中の狙いは、エリーゼとジャクリーヌのようだ。

「おら、おまえらも文句はないだろ？」

俺たちが特に何も言わないことで、向こうも気持ちが大きくなったのだろう。ひとりの男がジャクリーヌへと手を伸ばした——と、

「やめておけ」

「あ？」

ブリッツが男の手を掴む。

「なんだぁ、てめぇ」

「それはこちらのセリフだ」

「へっ！　てめぇみたいなヒョロいガキがこの俺に勝てると思って——」

会話の途中で、男は突然意識を失い、膝から崩れ落ちる。

「お、おい！　どうしたんだよ、ビル！」

仲間のひとりが声をかけるが、まったく反応しない。白目をむき、ピクピクと小刻みに痙攣《けいれん》している。

「どうやら、彼は体調がすぐれないようだ」

そう言って、ブリッツは男を仲間たちへと預ける。

突然の事態に彼らも戸惑っているようだが——真相は、ブリッツがとんでもなく速い手刀で男を失神させたのだ。

俺はもちろん、他の三人も気づいていたが、周りは誰も気づいていない様子。それでも、ブリッツが何かをして男が気絶したという流れ自体は理解しているようだ。

どうも、声をかけてきた男はここらあたりでそこそこ名の通っていた冒険者だったらしく、連れの四人も含め、誰も声をかけてはこなくなった。

「ちょうどいい。これでロレッタに関する情報集めに専念できるな」

ブリッツのおかげで余計な手間が省けた。

……しかし、ここからが本番だ。

まずは、冒険者ならば絶対に通う場所――ギルドへ顔を出してみるとするか。

思っていたよりもずっと広かったゼオスの町を適当に歩き回りながら、目についたお店などでロレッタの情報を集めつつ、ギルドを目指す。

その前にある程度の情報は得られるだろうと思っていたのだが……これがまさかのゼロ。

誰もが口をつぐんで多くを語ろうとはしなかった。

明らかに「知っているけど教えられない」という空気が漂っており、そうした人々の反応からもロレッタに対する負の印象が伝わってきた。

「先生……さすがにここまでというのは……」

町を歩く俺たちにのしかかる重苦しい雰囲気。

そんな中で、ウェンデルがようやくそう言葉を絞り出した。

四人とも、港で暴れていた男たちの情報が嘘であると信じていた——が、ここまで露骨にロレッタを避けている人々のリアクションを見せつけられると、その気持ちも揺らいできてしまう。

「……本人と直接会うまでは、結論を出さなくていいんじゃないか？」

俺に言えるのはここまでだった。

ただ、これは本心でもある。

ひとりやふたりではなく、大勢がロレッタに対して畏怖《いふ》の念を抱いているようだが……俺はどうしてもそれが信じられなかった。

とにかくにも、真実を求めて俺たちはゼオスの町をさまよう。

ようやく見つけた冒険者ギルドへと足を踏み入れると、まず襲ってきたのは淀んだ空気だった。

冒険者ギルドへは、過去に何度か足を運んだ経験がある。ギアディスから出た後に訪れたところでは、俺を新米と勘違いした輩に絡まれたこともあったな……

しかし、さすがにここまでどんよりとした雰囲気は他に経験がなかった。なんというか、独特な空気だ。

入ったと同時に、ギルド内にいるほとんどの冒険者たちがこちらへ振り向いた。

悪そうな人相をした連中ばかり……どうやら、事前に仕入れた情報以上にここは荒れているようだ。

「おいおい、随分と可愛らしいパーティーだな」

「へへへ、全員綺麗な顔をしてやがる」

「初心者かぁ？　女限定で優しく手ほどきしてやるぜぇ？」

案の定、こちらのメンバー構成を見た途端、さっきのチンピラみたいなことを言いだす冒険者たち。下卑た笑みを浮かべながら、品性の欠片《かけら》もうかがえない言葉を浴びせてくる。

「……黙らせますか？」

「構う必要はないさ」

ジャクリーヌに手を出そうとしたことがまだ頭に残っているブリッツは、真剣な顔でそう提案する――が、ここで騒ぎ立てるのは逆に避けたい。さすがに、さっきの男のように手を出してくるというなら、然《しか》るべき対処をするつもりではいるが。

とにかく、ロレッタの情報を集めるため、カウンター越しにこちらを睨んでいる、ギルドマスターと思われる男へ声をかけた。

「少し聞きたいことがあるのだが？」

「あぁ？　怖すぎて漏らしちまったからトイレの場所でも聞きたいのかい？」

「「「ギャハハハハハハ！」」」

……まいったな。

これではまともに会話もできない。

どうしたものかと困っていると、無視していたことに腹を立てたのか、近くのイスに座っていた男が怒鳴りながら俺に殴りかかってくる。

「ここはてめぇらみたいなヒヨッコの来るところじゃねぇんだよ――分かったらとっとと失せな！」

「おっと」

避けると隣に立っているウェンデルとエリーゼに迷惑をかけそうなので、とりあえず拳を受け止めてみる――が、思ったより軽い。

彼よりもずっと小柄なイムやパトリシアの方がもっと威力あるパンチを繰り出せるぞ。

「なんだと!?」

男の方は信じられないという顔つきになっている。

彼だけじゃない。

ギルド内にいるすべての冒険者が、同じようなリアクションをしていた。

「ぐぐっ！」

相手の拳を掌で受け止め、今はそれを握っている状態にある。何とか振りほどこうとしているが、

ピクリとも動かないことに男は焦り始めていた。

「殴る時のモーションが大きすぎる。今回は受け止めたが、あれでは容易にかわされてしまうぞ。もっと脇を締めてコンパクトに打ちださないと」

「うるせぇ！」

いつもの癖でついついアドバイスを送ってしまうが男は耳を貸さず、もうひとつの拳で俺に殴りかかる。これもまた受け止めようかと思ったのだが、それよりも先に我慢の限界に達したある人物が動きだした。

「いい加減に——しないか！」

これまで静観していたブリッツの怒りが爆発し、彼のパンチが男の脇腹へと突き刺さる。直後、凄まじい勢いで吹っ飛んでいった男は、店の壁をぶち抜き、失神。

その光景を目撃したギルド内の冒険者たちは、皆一様に口をあんぐりと開けて店内に開いた穴を見つめている。

俺のために怒ってくれたのはありがたいが、さすがにやりすぎだ。

「落ち着け、ブリッツ」

「はっ⁉　も、申し訳ありません！」

ようやく我に返ったブリッツは深々と頭を下げる。この場合、下げるべき相手は俺ではなくて建物を破壊されたギルドマスターなのだが……まあ、いいか。

「……ちょっといいかな」

「へ、へい！」

「私の教え子が申し訳ないことをした。これは少ないが、壁の修理代に当ててくれ」

「め、めめめ、滅相もありません！」

ブリッツの一撃で、ギルドマスターの態度は豹変。

あまりこういう手を使うのは褒められたものじゃないけど、この町に関しては特例として許そう。

ああでもしないと話が聞けるような状態じゃなかったし。

ブリッツ怒りの一撃によって変化したのはギルドマスターの態度だけではなかった。

小馬鹿にしたような態度を取っていた周りの冒険者たちはブリッツの実力を目の当たりにして戦《せん》慄《りつ》。さっきまでの態度を後悔したようで、こちらと目を合わせようとしない。だらしなかった姿勢はピンと伸び、子犬のように怯えていた。

目立ちすぎたようだけど、さっきの状態よりはずっとマシか。

というわけで、俺は改めてギルドマスターへ声をかける。

「聞きたいことがある」

「な、なんでございましょうか」

「我々はロレッタという男を捜しているのだが――」

「「「っ!?」」」

俺がロレッタの名前を出した途端、周りの冒険者たちが色めき立つ。

絡んできた男をブリッツが吹っ飛ばしてから、我関せずといった態度を取ってきた冒険者たちであったが、どうもロレッタが関係してくると事情が変わるらしい。この辺は町で声をかけてきた人たちと同じだな。

……認めたくはないのだが、やはりロレッタはこの町でかなりの厄介者というポジションに収まっているらしい。

だったら尚更、彼に直接会わなくては。どういう理由で昔のような暴れん坊に戻ってしまったかは見当もつかないが、元教師として説得しなければならない。

俺はギルドマスターに知っている限りの情報を求めた。それに対して、彼は震えながらこう答える。

「だ、旦那はよそ者だから知らないのでしょうが……ここでヤツの名を出すのは控えた方がいいですぜ」

「なぜだ？　ヤツがそう強制しているのか？　あと、どうしてそんなに怯えているんだ？」

「そ、それは……」

ギルドマスターは答えにくそうにしていた。

続きの情報を求め、俺は視線を周りの冒険者たちへと向けたが、みんな露骨に視線を逸らして追及を逃れようとする。

それほどまでに影響力があるのか、今のロレッタは。

「どうしますか、先生」

膠着《こうちゃく》状態に陥ったのを見て、ウェンデルが心配そうに尋ねてくる。

正直、俺としても手詰まり感は否めなかった。

ここで何の情報も得られないなら、ロレッタが現れるまで滞在しようとも考えたが、それも非効率的だし、俺たちの存在を知った別の冒険者がロレッタに情報を流して、ロレッタが接触を避けようと町を出てしまう可能性もあった。

やはり……ここはもう少し粘ってみるか。

「俺たちはどうしても彼に会いたいんだ。なんとか教えてもらうことはできないか？　もちろん、情報源は伝えないと約束する」

俺は頭を下げながらそう迫る。

すると、ギルドマスターはさっきまでの険しい顔つきとは打って変わり、キョトンとした表情を浮かべた。

「だ、旦那はロレッタの首を取りに来たんじゃねぇんですかい？」

「首を取る？　とんでもない。彼は俺の元教え子でここにいる四人は同期で友人だよ。みんなロレッタに用があってここまでやってきたんだ」

「えっ？　教え子？」

この情報には他の冒険者たちも驚きを隠せない様子だった。

恐らく、普段のロレッタの振る舞いからは想像できなかったのだろう。

この「教え子」発言は瞬く間にギルド中へと広がってざわつきが起きた。ロレッタが王立学園に通っていたという事実は知らされていないようで、みんな素直に驚いているといった感じだ。

収まる様子を見せない喧騒の中、突然ひとりの大男がイスから立ち上がり、俺たちの方へと歩み寄る。

自身の髪の色と同じ真っ黒な髭《ひげ》を蓄えた大男は、俺たちを一瞥《いちべつ》するとゆっくりと口を開いた。

「あんたら、本当にロレッタの知り合いなのか？」

外見からの想像通りの低音ボイス。

それにこの威圧感……あのブリッツが自然と警戒態勢を取るくらいなので、相当な実力者であるのがうかがえる。

「あぁ」

「そうかい。なら、ここから先は俺が話そう――っと、俺はギャレット。ロレッタとは昔同じパーティーにいた仲だ」

つまり、元同僚ということか。

これは有力な情報が得られそうだ。

「よろしく、ギャレット。俺はオーリン・エドワース。隣国のエストラーダから来た者だ」

「エストラーダか。ついこの前、舞踏会に他国の軍勢が押し寄せたらしいな」

「こちらでもその話題が出ていたのか」

「まあな。おまけにそいつらを追っ払ったのはたった数人の若者というじゃねぇか――って、まさか……」

ギャレットはそこまで言ってから、俺たちのメンバー構成と先ほどブリッツが見せた実力を踏まえて、その「たった数人の若者」というのが誰なのか察したらしい。

「君の考えている通りだ。ここにいる四人が、舞踏会の際に侵攻してきたギアディスの軍勢を追い返している」

事実を口にした瞬間、ざわめきがさらに大きくなった。どうやら、あの舞踏会の一件は隣国のゴルパドでもちょっとした話題になっていたようで、俺たちが当事者と知ると「信じられない」と口にしつつジッと見つめてくる。

とりあえず、俺から始まった自己紹介はやがて他の四人にも広まり、それが終わると店で一番大きな丸テーブルへと向かい、そこでロレッタに関する情報を聞くことにした。

気がつくと、周りには他の冒険者も集まってくる。

先ほどまでと打って変わり、みんな協力的だった。

背景には、本当に俺たちがロレッタの古い知り合いであること、先日起きたエストラーダ舞踏会での一件を解決に導いた実力があると分かったからだろう。

俺たちならば、ロレッタ関連の厄介事をあの舞踏会で起きた事件のように解決してくれると踏んだに違いない。

こちらとしても、たくさんの情報を得られるのならそれはありがたい話だ。

周囲が落ち着くのを待ってから、ギャレットは自身の把握するロレッタの情報を俺たちに教えてくれた。

「ロレッタ……あんないいヤツに俺はこれまで出会った経験がなかった。たぶん、ここにいる連中はみんなそう思っているはずだ」

同意を求めるように、ギャレットは周りの冒険者たちを見回す――と、その場にいた全員が漏れなく「うんうん」と頷いていた。

「あいつは食うのに困っている冒険者たちを引き連れてダンジョンへと探索に出て、そこで得た成果をみんなに分け与えていた。自分ひとりの手柄にしちまえば、ずっと贅沢ができたろうに……」

ギャレットの語る姿こそ、立ち直ってからのロレッタそのものであった。退学になったきっかけの事件だって、人助けをするためのものだったし。

……肝心なのはここからだ。

ロレッタが大きく変わってしまった原因について、俺や黄金世代の四人は前のめりとなって聞き入った。

ギャレット自身も俺たちがここが一番聞きたいところと分かっているらしく、ひと呼吸挟んでから語り始める。

「だがな……ある時、ヤツは変わっちまったんだ。それまでとはまるで別人のように粗暴で野蛮な最低野郎に」

「そ、そんなに……」

早速もたらされたロレッタの新情報。

先ほどまではリスペクトが込められている口調であったが、今は本当に軽蔑しているというか、もう関わりたくないという感情が刻み込まれていた。

それは周りの冒険者たちも同じだった。ギャレットがロレッタをボロクソにけなしていても怒る様子もなく、むしろ賛同しているようだ。皆、思うところは同じというわけか。

「なぜ、ロレッタはそんなに変わってしまったんですか？」

どうしてもその理由を知りたいブリッツはギャレットへさらに迫っていく。さすがにウェンデルが「落ち着きなよ」と割って入るくらいであった。

ただ、学園時代にロレッタともっとも仲の良かったブリッツだからこそ気になっているのだろう。彼に演習でボコボコにされたのがきっかけでロレッタはうちのクラスに関心を持ったようなものだし。そういう意味では、人生を変えた相手と言っても決して過剰な表現とは言えない。

ブリッツの放つ気配から、並々ならぬ覚悟を持っていると悟ったらしいギャレットは少し笑みを浮かべて続きを話しだす。

「ある日、ヤツは別のダンジョンから大型モンスターの討伐を手助けしてほしいという依頼を受けて遠征に出た。めちゃくちゃ強いモンスターと聞いていたので心配をしていたが、ヤツは一ヶ月ほど前にこのゼオスへと帰ってきた——タチの悪そうな連中を引き連れて」

「タチの悪そうな連中？」

「ここにいる冒険者以上に？」と続けようとしたが……まあ、余計なトラブルを招きそうなのでやめておこう。というか、その基準だとここに集まっている冒険者たちはまともなレベルなのか。

「それからはもう最悪だ。今やロレッタが実質この町の支配者になっている。この町の冒険者たちはヤツの許しがなくては何もできない始末だ」

「なんてことだ……」

想像以上の事態に陥っているようだな。

「金がなくて長距離移動ができず、拠点を変えられない冒険者たちは毎日怯えながら暮らしているよ」

項垂《うなだ》れるギャレット。

話をまとめると、別のダンジョンからの助っ人依頼を受けたようだが……どうもそれが原因となっているようだ。

「討伐依頼をしてきたのはどこのダンジョンか分かるか？」

「それが聞きそびれちまってな。まさかこんな事態になるなんて夢にも思っていなかったからよ……」

つまり原因の方を当たるのは無理というわけか。

ならば、やはりロレッタ本人と直接話をするしかない。

第14話　ダンジョンへ

「俺から話せるのはここまでだが……」

「ありがとう。参考になったよ」

いろいろと詳しい話が聞けたので、事態の全体像がハッキリとしてきた。しかし、俺たちがもっとも気にかかっている、ロレッタを変えてしまった直接の原因については決定的な情報を得られず、そこだけ曖昧なままだ。

――っと、最後にこれだけは聞いておかないと。

「今、ロレッタはどこにいるんだ？」

「ヤツならダンジョンだ。数日前から探索に行っているよ。もっとも、ヤツ自身は高みの見物をしていて、探索をさせられているのは下っ端の冒険者たちだが」

「下っ端か……昔のロレッタが嫌っていた言葉だな」

「ここへ来た当初もそう言っていたよ。いつだったか、別の冒険者がロレッタのメンバーをそう揶《や》揄《ゆ》してバカにしていたが、ヤツは真っ向からそいつに『下っ端じゃない！　仲間だ！』と言いきっていたからな」

それが今では真逆の言動をしている。

ますます不可解だな。

「ともかく、俺はロレッタに会うため、ダンジョンに向かう」

「すんなり会えるかどうか分からないぞ？　ヤツの取り巻きがガードしているからな」

「その時は押し通るさ」

「簡単に言ってくれるが、そう易々と……いや、おまえたちならやれそうだな」

ブリッツの戦いぶりを見ているからこそ、ギャレットは意見を変えた。

「そういえば、まだあんたたちがどうしてロレッタのもとを訪ねてきたのか、その理由を聞いていなかったな。見たところ冒険者稼業をしているというわけではなさそうだが」

「えぇ、実は――」

俺はここに至るまでの経緯をギャレットや他の冒険者たちに話す。

いずれ開放される予定とはいえ、ラウシュ島の調査結果をあまり詳しく他国の者へ知らせるのはちょっとまずいかもと判断し、新しいダンジョンの探索責任者として任命したいとだけ告げておいた。

「そういった事情だったか……あんたも知っての通り、かつてのロレッタならばそれくらいの大役をこなせるだけの実力と品格があった」

過去形で語ったところに、ギャレットの葛藤が垣間見える。

けど、同時にロレッタが大きな器を持ち合わせていたという事実は認めているようだ。これはギャレットだけでなく、周りの冒険者たちも同意見らしく、誰ひとりとして彼の発言に異を唱えなかった。

「あいつがどういった経緯でねじ曲がっちまったのかは俺にも分からないが……元仲間としては、やはり立ち直ってもらいてぇ。それを実現させるには、どうもあんたたちに頼るしかなさそうだ」

「やれるだけのことはやってみます」

力強く宣言すると、周囲から歓声が上がった。

みんな、ロレッタが以前のような性格に戻ってほしいと願っているらしい。ゼオスの町全体に漂う負のオーラも、そうした願望が原因だったのかもしれないな。

ギルドを出ると、教えてもらったダンジョンの方角へと歩を進めていく。

道中の話題は、やはりロレッタに絞られていた。

「ロレッタに一体何があったのでしょうか……」

「偽物に決まっている」

エリーゼの言葉に対し、ブリッツは珍しく語気を強めて言った。

この「ロレッタ偽物説」は、冒険者の間で言われているもので「食べ物の好みが変わった」とか、「愛用している武器が違う」とか、確証と呼ぶにはいまひとつ決定力のないものばかり。

食べ物はその日の気分もあるし、武器は攻略するダンジョンに潜むモンスターとの相性で変えるケースはザラにある。

だが、集まった冒険者たちからは「俺も別人が変装しているんじゃないかと疑っている」という話が続々と出てきた。

ロレッタの変貌ぶりを受け入れられず、無理やりそれっぽい言動を並べている――と、最初は考えたが、あまりにもその数が多い。

しかし、仮に誰かが魔法の力で変装しているというならジャクリーヌが一発で見破れるだろう。

彼女を欺《あざむ》けるほどのレベルを持った魔法使いなど、世界にそうそういないからな。

町を抜け、荒野をしばらく歩いていると徐々に人の数が増えていった。それはダンジョンが近づいているという何よりの証なのだが、問題はその増えている人というのが漏れなく人相の悪い連中ばかりだという点。

人を見かけで判断してはならないというのは学園時代から教えていたことではあるが、こちらを睨みつける鋭い眼光はどう角度を変えても友好的とは受け取れなかった。

パトリシアやイムがいたら、怯えてしまうかもしれない異様な気配。しかし、黄金世代の四人は一切動じる素振りもなく、堂々とした態度で男たちを横切っていった。

†

そうしてようやくダンジョンの入口らしい洞穴を発見するのだが、そこで行く手を阻んだのは屈強なふたりの大男だった。

……この手のタイプに絡まれるのって、何回目だ？

さすがにちょっと食傷《しょくしょう》気味だぞ。

「待ちなよ、兄さん方」

「ここから先に進みたければ通行料を払いな」

お決まりの文句を吐きだすふたり。

どうやら、ロレッタの部下のようで、ダンジョンに人を入れるなら通行料を取れと命じられているらしい。絵に描いたような悪党の手口だな。

「悪いが、先を急いでいるんでね。君たちに構ってはいられないんだ」

やんわりそう伝えたのだが、かえってそれが舐めた態度と捉えられてしまい、彼らの逆鱗《げきりん》に触れたようだ。

「てめぇ……俺たちをバカにしているのか？」

「大人しく金を出せば痛い目を見ずに済んだのによぉ！」

激高した男たちが襲いかかってくる——というのはもう飽きるほどやってきた流れだ。軽くいなそうかと構えたその時、ブリッツが「失せろ」とだけ呟き、剣を抜いてふたりの大男を吹っ飛ばす。

「ぐえっ⁉」

「ごはっ⁉」

何もできず、岩壁に叩きつけられる大男ふたり。

今の剣……かなり怒りの感情が込められていたな。

冷静さを保ち、感情的に行動しないと肝に銘じているブリッツらしからぬ攻撃。

それだけ、ロレッタの件は彼の中で動揺を生んでいるのだろう。

周りの仲間たちは何が起きたのか理解できず、目が点になっていた。事態を把握するにはもうしばらくかかりそうだから、そのうちに中へと入ってしまおう。

ダンジョンの内部は、島のものと比べてもあまり変化はない。めちゃくちゃ暑いとか寒いとか、あちこちにモンスターがいるとか、そういった過酷さは見受けられなかった。

ギルドの様子からして、ここを拠点にしている冒険者の実力はピンキリ。

つまり、幅広い層の冒険者が利用するお手頃なダンジョンと評すべきか。

「懐かしいな」

「学生時代を思い出すわ」

「わたくしとしては、ダンジョンにあまりいい印象はありませんわねぇ」

「そうかな？　僕は結構楽しかったけど」

「よく言いますわね。巨大なコウモリ型のモンスターに連れ去られそうになったのをブリッツに助けてもらった件、覚えていませんの？」

「ま、また古い話を……あれは最初期の話だろ？　今は自前の魔道具でしっかり武装しているから大丈夫だって」

「君の武器は頼りにしているが、だからといって油断は禁物だぞ」

「分かってるよ、ブリッツ」

「ふふふ、気をつけてね、ウェンデル」

まさに今、ダンジョンのど真ん中を歩いているわけだが……四人の態度は地上となんら変わらない。

和やかに話をしているようで、全員が周囲への警戒を怠《おこた》っていない。

ほどよい緊張感を保ちつつ、それでいてリラックスしている――まさに理想的な精神状態といえた。

そんな調子で歩き続けること一時間。

時折モンスターの襲撃を受けるも、それはサクッと倒してさらに奥へと進んでいく。

「ロレッタ……どこにいるんだろう」

「あいつの魔力を追えればいいのだが……」

「彼もそこまでバカではありませんわ」

「そうね。魔力を気取《けど》られないよう、向こうも細心の注意を払っているはず」

エリーゼの言ったことは、俺がダンジョン探索の際に口酸っぱく教えたものだ。もう何年も前の話だが、よく覚えていたな。

しかし、それはロレッタも変わらなかった。

「俺たちはおろか、ジャクリーヌでさえも把握できないとは……」

「先生の教えを守っている証拠ですわ」

「でも、そうなると捜すのはひと苦労だよ」

「そうね。話ではこのダンジョンはかなり広大のようだから……なんとか絞り込めるといいのだけど」

「――いや、着実にロレッタへ近づいているよ」

先頭を行く俺がそう口にすると、四人の視線が一斉にこちらへと向けられる。

「先生はロレッタの魔力を感知しているのですか⁉」

「まあね。確かにかなり気を遣っているようだが……それでも、注意深く探れば、あいつの魔力へとたどり着く」

「さすがはオーリン先生ですわ！」

そうは言うが、ジャクリーヌも本気を出せばイケるはずだ。

学園にいた頃のロレッタが魔力制御を苦手にしていたため、侮《あなど》っていたようだな。

それだけ、彼は鍛錬を積んで苦手を克服したことになる。

思っていたより、厄介な事態となりそうだ。

もうひとつ気がかりなのは、ダンジョンの外にあれだけいたロレッタの配下に、このダンジョン入ってからひとりとして遭遇していないという点。

これには何か意図が隠されているのだろうか。もしかしたら、この先で罠を張っているのかもしれない。

「どうしますか？　このまま突っ込んでいきますか？」

ブリッツも——いや、他の三人も罠の存在に薄々勘づいているようだな。一応、俺に判断を仰いでいるが、これから何をしたいのかは手に取るように理解できる。

「あちらが勝負を仕掛けてこようというなら、受けて立とうじゃないか」

「むしろ一網打尽にできるかもしれませんしね」

「そうなったら、僕の魔道具でヤツらの動きを封じるよ！」

「いえいえ、わたくしの拘束魔法で十分ですわ！」

エリーゼもウェンデルもジャクリーヌも異論はないようだ。

意見がまとまったところで、俺たちはダンジョンの奥を目指してさらに歩を進めていく。


どこかに罠が仕掛けられているかもしれないと警戒しているうちに、俺たちはダンジョン最奥部へとたどり着いた。

「む？　ダンジョンはここで終わりか……」

「でも、ロレッタの姿が見えません」

エリーゼの言う通り、そこにはロレッタどころか他の冒険者さえいなかった。しかし、間違いなく彼の魔力がこの近辺から漂っているし、二十人近い人間がこの近くに集まっている気配を感じる。

ジャクリーヌが探知魔法で周辺を探っているが、このダンジョンの至るところにある魔鉱石《まこうせき》の効果により、魔力がうまく探知できないという。

「不覚ですわ……」

心底悔しそうに呟くジャクリーヌ。

大陸内では屈指の実力である彼女も、お手上げのようだ。

だが、それは同時に新しく越えなくてはいけない壁が生まれたと捉え、修行に精を出す良いきっかけとなったに違いない。相手をすることになるだろうパトリシアやルチアは大変だろうけど。

ともかく、ヤツらはこれを狙ってこのダンジョンを根城にしているのだろう。

魔法が使えない冒険者にとって、魔法使いというのが一番相手にしたくないジャンルだからな。

自然とこういう場所に行きつくのだろう。

「気配はするが姿は見えない。なんとも不気味だな」

「先生が読み違えるなんてあり得ませんし、きっとこの近くに潜んでわたくしたちの行動を監視しているはずですわ」

「いい趣味とは言えんな」

「まったくだね」

「でも、仕掛けてこないのはどうしてかしら……」

他のメンバーにも動揺が広がっていた。とりあえず、もう少しこの辺りを調べてみようとメンバーに声をかけようとしたその瞬間、突然足音が聞こえてきた。

「誰かが近づいてきているようだ」

それもひとりじゃない――複数だ。

「ロレッタの一味でしょうか」

「状況的にそう考えるしかなさそうだ」

小細工など通じないというのは、短い間でも一緒に濃密な修行をしてきたロレッタならよく分かっているはず。ここで消耗するのを待つのは無駄と判断し、近づいてきているのだろうと俺は予想した。

黙って近づいてくる者たちを待っていると、やがて姿を見せたのは二十人ほどの屈強な男たちであった。その身なりからして、全員が冒険者だろう。

「へへへ、こりゃ久しぶりの大当たりだぜ」

「大当たり?」

「見たところ、冒険者になってまだ日が浅いヒヨッコだろう?」

そもそも冒険者じゃないけど、確かに本職の冒険者に比べたら、ダンジョンに足を運んだ回数は到底及ばない。そういう意味では、ヒヨッコと言われても反論はできないか。

「俺たちはおまえらみたいな冒険者からいろいろ奪う、言ってみれば冒険者狩りを生業にしていてな」

「それに今日は若くて上玉な姉ちゃんがふたりもいる……今から楽しみだぜぇ」

……ついさっきもやったぞ、この流れ。

この手の連中にはボキャブラリーというものがないのか？

ワンパターンにもほどがある。

「ちょっと待ってくれ。俺たちは人を捜して――」

「黙れ！　男は金目の物を置いたらさっさと失せな！　それとも、そっちの姉ちゃんたちが俺たちに可愛がられているシーンを見物していくか？　きっちり金を払えばおこぼれくらいやってもいいぞ？」

「どちらも遠慮しておく」

もしかしたらギルドの冒険者たちのように、落ち着いて話を持ちかけたら意外と通じるかもしれないって淡い期待を抱いていたが、無駄のようだ。

「先生、ここは俺がやりましょう」

「任せるよ」

呆れた様子でブリッツが先制攻撃を食らわせる。

彼としては、ただ移動して剣を振るった程度に過ぎない動きだが、せこい小悪党どもからするとまるで消えたように映ったらしく、前方にいた七人が一斉に吹き飛ばされ、ひどく狼狽《ろうばい》していた。

「な、何が起きたんだ⁉」

「て、てめぇらが何かしたのか⁉」

「卑怯だぞ！」

「これから大勢で堂々と『危害を加える』などと宣言している者たちへかける遠慮などひとつもない」

一分の隙もない正論だった。

ロレッタに会うという目的を達成するまで、退くつもりは微塵もない。連中が問答無用で襲ってくるというなら、そちらの礼儀にのっとって対処するまでだ。

「野郎！　もう不意打ちは通じねぇぞ！」

「やっちまえ！」

まだ十人以上残っているから強気に出る男たち。

だが、実力が伴っていない彼らがいくら束になってかかろうと、ブリッツに触れることさえ叶わないだろう。

ギアディス王国騎士団史上もっとも若くして聖騎士となった実力は伊達《だて》ではないのだ。

流れるような剣さばきで男たちを一掃したブリッツ。

すると、物音を聞いて異常事態が発生していると感じ取ったのか、次々と別の冒険者がやってくる。

「てめぇら！　よくも仲間をやってくれたな！」

「ただじゃおかねぇぞ！」

「……ふぅ」

小さく息を吐いたブリッツは臨戦態勢へと移行。男たちを迎え撃つもりらしいが、そこにジャクリーヌが加わった。

「ここはわたくしも参加いたしますわ、ブリッツ」

「手出しは無用だ、ジャクリーヌ。大体、今のおまえはここの魔鉱石の効果で魔法を封じられているはずでは？」

「封じられているとは言っても、すべての魔法が使えなくなったわけではありませんの」

「そうなのか？」

「わたくしくらいのレベルになれば、少しこの場にいるだけですぐに体が慣れて問題なく魔法を使用できるようになりますわ――それに、先生の前であなたばかりにいい格好をさせるわけにはいきませんもの」

ヤル気満々のふたり。

一方、ウェンデルとエリーゼは近くの岩場に腰を下ろして休憩へ。

「ブリッツとジャクリーヌが出張るんなら、僕たちはここでのんびりさせてもらおうかな」

「頑張ってね、ふたりとも」

まるで応援席だな。

相手側はこちらの余裕の態度にイラつきを覚えつつ、周りで倒れている仲間たちを見て顔を強張らせていた。あれはブリッツが単独で蹴散らしたのだが、そこに魔女ジャクリーヌが加わったことでさらに盤石となった。

実際、追加で現れた冒険者たちはあっという間に全滅。

……しかし、まだ気配は残っている。

恐らく、こっちが本命だろうな。

「随分と小出しにしてきますわね」

「俺たちの体力を消耗させる狙いなのだろう」

「無駄な足掻《あが》きですわ」

ため息交じりに話すジャクリーヌ。

その言葉の通り、ふたりの顔にはまったく疲労の色が見られない。学園時代なら準備運動程度か。

近づく気配が肉眼でも捉えられるようになると、それがたくさんの武器を持った男たちであることが分かった。そして、先頭にいるのは俺たちが捜し求めていた人物であった。

「その剣技に魔法……実に懐かしいなぁ――ブリッツ、ジャクリーヌ」

大勢の冒険者たちを率いて現れた男こそ、黄金世代第五の男ことロレッタであった。

第15話　ブリッツの怒り

周りに立つ鍛え抜かれた冒険者たちと比較してもなお大きな体格。

緑の目に、切り揃えた茶色の短髪。筋骨隆々でいかつい顔立ちではあるが、同時に気のいい兄貴分といった雰囲気も伝わってくる。

顔立ちは昔よりも大人びているが、面影もバッチリに残っている。

まさに俺の知る学園時代のロレッタがそのまま大人になった顔だ。

……認めたくはないが、やはり本物のロレッタなのか？

「ロ、ロレッタ……」

最初に彼の名を口にしたのは親友のブリッツだった。

ともに切磋琢磨《せっさたくま》し、剣技を磨いてきたからなぁ……ここまで来ても、ブリッツの心の中ではどうか偽物であってほしいという気持ちはあっただろう。

しかし――目の前に立つのは紛れもなくロレッタであった。

「ギルドで懐かしい顔ぶれが俺を訪ねてきていると部下から連絡があって待ち構えていたわけだが……以前よりも腕を上げているようだな」

改めて聞くと、声もロレッタ自身のものだ。

これで確定だな。

信じられない。

そんな気持ちがブリッツの表情が溢れ出ている。

当然、俺や他のみんなにとってもそれは同じだ。

「おまえの噂は耳にしているよ。ギアディス王国騎士団史上最年少で聖騎士の称号を得たんだろう？　とんでもない大出世じゃないか。同期として鼻が高いよ」

つらつらと言葉を並べていくロレッタであったが、俺はそれに違和感を覚えていた。

……違う。

今の言葉はロレッタの本心ではない。

俺たちと一緒に学園で学んでいた頃のロレッタであれば、心からブリッツの出世を祝っていた。

だが、今の彼から、ブリッツを祝おうという気持ちが一切伝わってこなかった。

それっぽい言葉を並べた、上辺だけの祝福だ。

「他の三人も、相変わらずご活躍のようで……それと、オーリン先生。あなたが賢者を引退してエストラーダ王国に移り住んだという話は俺の耳にも届いていますよ」

「さすがの情報網だな」

冒険者にとって情報は命を守る武器と同等。

ロレッタは噂と言っていたが、恐らく入念に下調べをしておいたのだろう。わざわざ配下をエストラーダに送り込んだのは、俺たちをここまで誘いだすためだったのかもしれないな。

ともかく、それならこちらも捜す手間が省けてありがたい。

もし、あのチンピラたちがエストラーダ王都で暴れなかったら、ずっと手がかりを掴めないままだったわけだし。

……ただ、ロレッタの置かれている状況が想定以上に悪い。

というより、すでにロレッタ自身を説得するのが難しそうだ。

それほどまでに、彼の全身から漂うオーラは俺たちを拒絶している。

最初こそ、再会を喜ぶような態度で笑みを浮かべていたが、今はもうそれも消え去り、腕を組んで睨むような厳しい視線を送っていた。

一体、何があったっていうんだ？

彼が学園を去ってから、俺たちの誰とも接触していないはず。

それはすでに確認済みだし、わざわざ嘘をつく必要もない。

だが、あのロレッタの顔つきを見る限り、何か恨みがこもっているように映る。

次は一体何をするのかと注意をしていたら、いつの間にか周りを囲む冒険者の数は増えていた。

「どれほど力をつけてきたか、分析をさせてもらった」

「っ！　さっきまでのヤツらは俺たちの力を測るために送り込んだのか」

ブリッツの声に怒りの感情が混じる。

対して、ロレッタはまったく悪びれる様子もなく、淡々と語っていく。

「駒としては十分役に立ったよ。おかげでギアディス黄金世代の首を狩れるチャンスがやってきたわけだしね」

「黄金世代の首だと？」

「そうですよ、オーリン先生。今や彼らは大国ギアディスを裏切ったお尋ね者たち。捕まえて差し出せば金がもらえる」

まさか、ロレッタはギアディスとつながっていたのか？

だが、言い分をまったく聞かずに自分を退学処分にした学園を運営しているギアディスに、ロレッタが肩入れをするようなマネをするだろうか。

じっくりとこの疑問に対する答えを探りたいが、今はそうも言っていられない状況だ。

「今、君たちを取り囲んでいる冒険者たちはさっきまでの雑魚とは違う。名のあるパーティーでエース級の活躍をしてきた猛者《もさ》揃いだ。さすがに黄金世代といえど、これだけの実力者と同時に戦うのは不可能だろう」

勝ち誇ったように言い放つと、周りの冒険者たちは武器を構えて少しずつ俺たちとの距離を詰めてくる。

——いや、彼らを冒険者と呼ぶのは本物の冒険者に失礼だ。

今彼らがやろうとしている行為は、ただの強盗。犯罪行為に過ぎない。

それをあのロレッタが指揮しているとは。

「先生……どうします？」

困惑するウェンデルだが、焦りはない。

隣に座るエリーゼも分かっているようで、ジッと俺を見つめていた。

まあ、わざわざ俺が助言をしなくともブリッツとジャクリーヌはきっと同じように判断するから見守るかと思っていたのだが、こちらの沈黙を不利な状況に戸惑っていると見たらしいロレッタの態度はさらに大きくなっていく。

「先生、それにみんなも悪足掻きはよしてください。おとなしく捕まっておいた方が身のためですよ？」

「何？」

「それが賢い選択でしょう？　それとも、たった五人で俺たち全員と戦いますか？　かつて賢者とも呼ばれたあなたなら、そんな愚かな決断に行きつかないでしょう。もっとも、降参したところで身柄を引き渡す相手のギアディスでどのように扱われるかは分かりませんがね」

随分と饒舌《じょうぜつ》に話しているが……本気で言っているのか？

もしかしたら、こいつは――

「上等だ、ロレッタ」

俺が結論を出すよりも先に、ブリッツが剣を抜く。

さっきのひと言で、他の三人も気づいたようだな。

全員が臨戦態勢を取る――が、

「みんな、ここは俺にやらせてくれ」

静かな口調ながらも、ブリッツの言葉には怒りの感情が込められていた。

無理もない。

この場でもっともヤツを許せないと憤っているのは、間違いなく彼だろうからな。

「分かったよ、ブリッツ。ここは君に任せた」

「ありがとうございます、オーリン先生」

俺がそう言うと、ジャクリーヌたちからも戦意が消える。

ブリッツが戦う。

それも、これまでのように軽くあしらうような戦い方ではなく、完膚《かんぷ》なきまで叩き伏せるという強い意志がにじみ出ていた。

なぜなら、外見や声、さらには魔力の質までもロレッタそのものではあるが……今、目の前にいる男は間違いなく偽物だから。

これはもう、ロレッタへの最大限の侮辱であると捉えたブリッツは、静かな怒りの炎を燃え上がらせながら剣を構え直した。

……さて、なぜ俺たちがこのロレッタを偽物と判断したのか。

容姿だけではなく、声や魔力の質まで同じであるため、すぐに見分けるのは難しいかもしれないが、実は明らかに本人ではありえない言動をしていたのだ。

それは——ブリッツの実力を見誤っている点。

恐らく、あの偽物は本物のロレッタの過去からこちらの情報を掴んでいる。

だが、それは完璧なものではなかった。ブリッツに関しても、「聖騎士で黄金世代と呼ばれている実力者」程度のものだろう。

実際、ブリッツはギルドやダンジョン内で戦闘をする際、実力の二割も出し切っていなかった。他の三人と比べて付き合いは短いが、ロレッタはもっとも実戦演習でブリッツと戦う機会が多かったため、それを見誤るのはあり得ないと断言できる。

……だが、この場にいるロレッタはそれをやらかした。

先ほどまでの戦闘で見せた力がブリッツの全力であると勘違いしているのだ。でなければ、あれだけの戦力で彼を抑え込めるなど不可能だと判断し、もっと別の策を用意するはず。

みんなそれを警戒していたのだが、とうとう罠らしい罠は発動されず、数の差で押しきろうとしていた。

一応、彼らの水準でいえば猛者揃いとのことだが、正直、さっきの冒険者たちと大差はなさそうだ。

「これは……荒れますね」

「うん。さすがのブリッツも珍しく本気で怒っているみたいだし」

「親友と言いきるロレッタをあそこまでコケにされては無理もありませんわ」

エリーゼ、ウェンデル、ジャクリーヌの三人はブリッツのことをよく理解している。

だから、今の彼の心情も手に取るように分かるのだろう。

俺も三人と同じ意見だ。

ブリッツとロレッタ。

最初に出会った時は意見の相違から衝突することも多かったが、鍛錬を重ねることで互いを理解し、いつしか親友と呼べる間柄となっていた。ブリッツが幼い頃から憧れていた騎士団への入団が決まった際も、ロレッタは自分のことのように喜んでいたっけ。

逆に、ロレッタが不祥事を起こして学園を去った際も、ブリッツだけはあきらめずに捜索を続けていたが、結局見つけ出せずに卒業をしていった。

当時の学園長に直談判すると言って乗り込もうとしていたのを必死になって止めていた光景は、今も昨日の出来事のように思い出される。

だからこそ、ブリッツは姿形だけ似せて悪事を働く偽ロレッタの存在が誰よりも許せなかったのだろう。これ以上ない、親友への侮辱だから。

「愚かだな、ブリッツ」

ニヤけた顔を向ける偽ロレッタ。

……愚か、か。

果たして、どちらが愚かなのだろうか。

この状況で、偽ロレッタはまだ自分の正体がバレていないと信じ切っている。おまけに、自信満々の表情を浮かべている。きっと、従えている配下の冒険者たちだけでブリッツを倒せるとまで思っているのだ。

あの傲慢《ごうまん》さそのものといった表情が崩れるのも、もはや時間の問題だろう。

「やっちまえ！」

偽ロレッタのひと言で、数十人の冒険者がブリッツへと襲いかかる。

対して、ブリッツは無言のまま剣を構えると、

「はあっ！」

短い雄叫びが響いた次の瞬間、周りの冒険者たちは吹き飛ばされ、ダンジョンの岩壁に叩きつけられる。ほんの一瞬にして、半数以上が戦闘不能となった。

「な、何が起きた⁉」

あまりにも衝撃的な光景に、偽ロレッタは驚愕。

これもまた本物ならあり得ないリアクションだな。

実戦形式の演習をした際、本物のロレッタは何度もあの剣技を食らっている。

最初はまったく見きれなくて防戦一方だったが、最後の方はうまく対処できていたな。いつもは他者に怪我をさせていけないと手を抜いていたブリッツにとって、ロレッタは唯一本気で戦える存在であったのだ。

「どうした？　おまえなら見切れるはずだが？」

「ぐっ……」

偽ロレッタの額から汗が滴《したた》る。

それにしても……久しぶりに見たな。

あれは確か、騎士団の入団試験の時だったか。

入団希望者を十人ずつに分けて行われる実戦形式の試験――そこで、ブリッツは今みたいに瞬きをする間に他の希望者を蹴散らした。その一件から、ブリッツは騎士団内で《雷鳴《らいめい》》の異名で呼ばれることもあり、史上最年少で聖騎士となる第一歩を踏み出した。

この出来事はロレッタが学園を去ってからの話になるが、すでにその片鱗は彼が学園に在籍していた頃から発揮されており、知っていたはずだ。これまでの見誤りといい、この狼狽ぶりといい、次々とボロが出てくるな。

「構うな！　ヤツに攻撃の隙を与えないよう、さらに大人数で一斉にかかれ！」

ヤケクソ気味に指示を飛ばすロレッタ。

そこに具体的な策は何もなく、ただただ戦闘不能に陥る者を増やすだけだった。

「雷鳴のブリッツは健在――いや、さらに腕を上げたな」

思えば、俺もここまで本気になったブリッツを見るのは学園以来か。ギアディスから抜け出そうとした時も多くの騎士に囲まれていたらしいが、あれは一緒に逃げてきた人々を守りながらの戦いだったため、本来の力を出し切れていなかった。

しかし、今は全力で戦いに集中できる環境にある。

こうなれば、彼を抑え込むのは至難の業《わざ》だろう。

純粋な剣術のみの勝負になったら……もしかしたら、俺はもう彼に勝てないのかもしれないな。

その後も、雷鳴の名に恥じぬ立派な戦いぶりを披露したブリッツ。気がつけば、相手の戦力はたったの十人にまで絞られていた。

「どうした？　もう終わりか？」

少し息を吐いて呼吸を整えてから、ブリッツは剣先を偽ロレッタへと向ける。

「この程度の事態……当然、おまえならば想定済みだろう？」

「そ、それは……」

明らかに想定外って顔をしているな。

本音を語れば、あいつが偽物でいてくれてよかった。

とはいえ、まだ安心できる状況じゃないか。

ヤツが偽物となれば、本物のロレッタはどこにいるんだ？

教え子の成長に感動しつつも、また新たな不安が芽生えてきた。

そもそも、ロレッタの捜索は振り出しに戻ってしまったというだけでもちょっと落ち込むんだよなぁ。ゼオスの町はエストラーダからかなり離れているし。

ジャクリーヌがブリッツによって倒された悪徳冒険者たちを次々と取り締まっていく様子を眺めながら、俺は深く悩む。彼らの身柄はゼオスの自警団に預けるとして……問題は本物のロレッタの居場所だな。

彼らが何か情報を掴んでいればいいのだが。

気がつけば偽ロレッタも捕まっていたので話を聞こうと近づくが、俺よりも先にジャクリーヌが動いていた。

「さて、いろいろと教えていただけますか、偽物さん？」

相変わらず丁寧な物言いだが、明らかに怒っている。

ブリッツにとってロレッタが親友であると同じように、他の三人にとっても大切な仲間であるには違いない。そこに過ごしてきた時間など関係はないのだ。

「最初からどうにも腑に落ちませんでしたが……ふむ。その顔や声は魔法で作り上げているようですわね」

「な、何のことだ？」

「今さらとぼけても遅いですわ……それにしても、なかなか腕の良い魔法使いに依頼したようですわね。このわたくしですらうっかり騙《だま》されるところでしたわ」

やはり、あの男は魔法で顔や声を変えていたのか。

外見上は瓜二つでもそれ以外は穴だらけだったおかげもあって見抜けたからよかったけど、もっと狡猾《こうかつ》な実力者が同じような手を打とうとすれば、もっと完璧に偽装しただろう。そこも救いだったな。

「お、俺は本物のロレッタだ！」

「往生際が悪いですわよ――っと」

なおも自分をロレッタと言い張る偽物に対し、ジャクリーヌは解除魔法で偽ロレッタにかけられていた変装を解き、素顔を暴きだす。

「それがあなたの素顔ですのね」

「ぐっ……」

魔法によって生み出していたロレッタの顔は剥がれ落ち、本当の顔があらわとなる。

その顔から察するに、偽物の年齢は四十代くらいか。

……当たり前なんだけど、魔法が解けたらまったく違う顔立ちや声になるんだな。厄介なのは、魔力の質まで本人に寄せているという点だ。魔力の質は指紋と一緒で人の数だけ存在しており、この世界で同じ魔力の質を持つ者はいないというのが定説。

実際、偽ロレッタも落ち着いて調べれば本人のものと比べて微妙に誤差が生じているのだが、あの状況で瞬時に判断するのは難しいか。

だが、もし仮に本物のロレッタだった場合……俺たちはきちんと対処できていただろうか。

恐らく、正義感の強いブリッツは真っ向からぶつかっていたのかもしれないな。彼の場合は情けをかけて見逃すというより、どうにかして立ち直れるよう全力で掴みかかっていくというタイプだし。

――っと、そろそろ本題へ戻るか。


俺は男からいろいろな情報を聞き出した。

ヤツの本当の名前はフランクリンというらしく、かれこれ十年以上冒険者をしているが、大仕事とは無縁でパッとしない日々を送っていた。

そこへ自分よりもずっと若いロレッタがゼオスへとやってきた。彼はあっという間に町中の冒険者たちから憧憬《しょうけい》の眼差しを送られる存在になっていき、フランクリンは自身の人生と比較してひどく嫉妬したという。

まあ、よくある勝手な逆恨みというか八つ当たりというか……とにかく、ロレッタ自身に非があるわけじゃなかったというオチだ。

ここまで偽物の半生を黙って聞いてきたが、俺たちが知りたい情報はそれじゃない。

「あんたの生き様については理解した。それで、本物のロレッタはどこにいる？」

「けっ、どうせ捕まるのなら教えてやるよ」

悪態をつきつつ、フランクリンは衝撃的な事実を告げる。

「……ヤツならもう死んでるだろうな」

「何だと？」

ブリッツは吐き捨てるように語ったフランクリンの喉元へ剣を向ける。

「この期に及んで出まかせか？　いい加減にしないと――」

「信じたくない気持ちは分かるが、こいつは事実だ。でなきゃ、わざわざヤツそっくりに顔を変えてまでこんなマネはしねぇよ」

この男の顔や声は、千変の魔女と呼ばれたジャクリーヌでさえすぐには見抜けなかったほど精巧であった。しかし、それも本物が現れたら意味がない。実力までコピーできるわけではないので、あっという間に悪事はバレるだろう。

でもそうなると、フランクリンの語るロレッタ死亡説が事実ということになってしまう。

「それはないな」

真っ向から否定したのはやはりブリッツだった。

「なぜそう言いきれる？」

「ロレッタは死んでも死なない男だからだ」

「……はあ？」

偽ロレッタことフランクリンが呆れるのも分かるが、俺もブリッツと同意見だった。根拠も何もないが、これについては他の三人も同じ気持ちのようだ。

「俺たちは長い間、ロレッタと生活をともにしてきた。何があったか知らないが、だからこそ、彼がそう簡単に死ぬとは思えないんだよ」

そう説明すると、フランクリンは不敵な笑みを浮かべた。

「おめでたい連中だな。助からねぇよ、ロレッタは」

「助からない？　……何を知っているんだ？」

「っ！」

フランクリンは口を滑らしたと理解して咄嗟《とっさ》に口を手で押さえるが手遅れだ。

つまり、フランクリンもまだロレッタの死を確信しているわけではないのだろう。

一ヶ月以上前にとあるダンジョンに行ってから人柄が変わったという、ロレッタの元同僚であるギャレットからの情報も含めると、大体の事態は予想できた。

「どうやら、ロレッタは一ヶ月以上前に受けた依頼で何かあったようだな」

「今もそこにいる可能性は高そうですね」

ブリッツの言葉に、俺は「うむ」と呟くことで返事をする。

「だが、こうして偽物騒動まで起こすくらいだから、ロレッタの現状はかなり危険なものなのだろう」

或いは本当にもう——いや、この目で確かめるまであきらめてはいけない。

ロレッタの現状を把握するためにも、彼が請け負ったという討伐依頼に関して情報を集める必要がありそうだ。

「それで、ロレッタはどこへ？」

「無駄だって言っただろう。どうせ助かりっこない」

「おまえの意見は聞いていない。ただ聞かれた内容について知っている情報を吐き出せ」

「ひっ⁉」

フランクリンは短めの悲鳴をあげた後、すぐに白状した。

「お、俺はある男に頼まれたんだよ！　ロレッタの姿や声を手に入れたら好き放題の人生が待っているって！　それを実現してくれた魔法使いを紹介してくれたのもその男だ！」

「何だって？」

今回の事件の黒幕とも呼べる存在だな。

「あの男は言っていたんだ。ロレッタが依頼されたモンスターっていうのはそいつが解き放ったためちゃくちゃヤバいモンスターだから、戦って勝てるはずがないって」

「なっ⁉」

つまり、そいつがロレッタの命を狙って架空の討伐依頼を出したというわけか？

ダンジョンには黒幕が用意したモンスターが潜んでいて、それにロレッタを始末させようとしている――フランクリンから聞き取った内容をまとめるとそんなところだ。

「その町はどこだ！　ロレッタはどこにいるんだ！」

我慢の限界に達したブリッツが、フランクリンの胸ぐらを掴んで荒々しく聞き出そうとしているが、当のフランクリンは「それは俺も知らないんだ！」の一点張り。

これ以上知らないというのは事実と受け取った方がよさそうだ。

となると、状況は当初の想定よりもずっと悪い方向へと流れている。

嘘の討伐依頼を受けたロレッタは、今もどこかのダンジョンでモンスターと交戦中なのかもしれない。冒険者たちは凶悪なモンスターを倒すために何ヶ月もダンジョン内で過ごすって話はよく聞くからな。

普通の討伐依頼ならばロレッタの実力的に問題はないとスルーもできるが、命を狙われているのなら話は別だ。

おまけに居所の手がかりはゼロ。

ただ不安だけが募る展開になってしまった。

ロレッタ……君は今どこにいるんだ?

†

偽ロレッタのいたダンジョンからゼオスの町へ帰ってくると、夜も遅いということで軽く夕食を済ませてから宿屋へ。

用意された部屋に入ると、町に着いてからの出来事を思い返していた。

まず、ダンジョンにいた悪徳冒険者たちは、ゼオスの町の自警団へと預ける。

そもそも、こんな治安の悪い町に自警団がいたのかという話になるのだが、彼らはロレッタ(本物)の実力を恐れ、手が出せなかったらしい。

なお、すぐにゴルパド王都へ使いを送ったので、数日中にも騎士団が駆けつけ、偽ロレッタたちは監獄送りになるだろうと自警団の責任者が語ってくれた。

どうやら、ゴルパドとしてもロレッタが変わってしまったという話題が出ていたようで、対応に苦慮していたらしい。

ともかく厄介事をばらまいていた偽物を捕らえ、ロレッタの名誉は守られた。本人とは出会えずに終わってしまったが、それだけは唯一の救いだな。

肝心のロレッタの居場所については、このままノーヒントで調査を続けるかどうか……

俺にはラウシュ島の調査という仕事もあるし、あの島のダンジョンの調査は別の冒険者に依頼した方がいいのかもしれない。何より、パトリシアやイムたちを待たせているというのも気がかりだった。

腕を組み、決断を迫られる中、部屋のドアをノックする音が。

こんな時間に誰だろうと思いつつ開けると、そこに立っていたのはギャレットだった。

「ここにいたのか」

「ギャレット？」

彼にはすでにロレッタの件は伝えていた。

用があるとするなら別件か？

「夜分遅くに申し訳ないが、他の仲間たちも集めてくれないか？」

「一体何があったんだ？」

「ロレッタに関する有力な情報を掴んだ」

「っ！　ほ、本当か⁉」

一度はエストラーダに戻って立て直そうかとも考えていたが、ここへ来て事態は大きく動きだそうとしているようだ。

第16話　再会のダンジョン

はやる気持ちを抑えつつも、俺は黄金世代のメンバーに招集をかける。

いろいろとあって疲労が溜まっている面々だが、ロレッタに関する新情報が手に入ったと告げるとすぐに飛んできた。

「本当なんですか、ギャレット殿！」

「あ、ああ」

興奮するブリッツを制止しながら、ギャレットは入手した情報を語り始めた。

「ロレッタが討伐依頼を受けて向かった先だが、ここからそれほど遠くはないダンジョンだと分かった。旅立つ前日にヤツが寄った食堂の店主が覚えていたよ」

「直接本人が口にしていたのなら、そこで間違いなさそうだな」

「あまりにも近い町だったんで驚いたよ。どうやら、厄介なモンスターを相手にするから長くダンジョンに留まることになると踏んだんだろうな。その黒幕とやらの狙いはまさにそれなんだろうけどよ」

そうなんだよな。

気になるのはやはりフランクリンが口にした黒幕。華やかな舞踏会の裏側でミラード卿が暗躍していたように、ここでもまた陰謀が渦巻いている可能性が急浮上してきたのだ。

まさかとは思うが、今回もギアディス絡みか？

……いや、さすがにそれはないだろう。

ただでさえ、ミラード卿のエストラーダ制圧が失敗に終わっており、ギアディスはかなりの痛手を負ったはず。しばらく派手な動きはできないだろうし、そもそもロレッタを狙う理由がない。

とにかく、まずは本人に会うため、そのダンジョンへ行ってみるか。

「そのダンジョンの近くにある町へギルドから使いを送った。明日にはあんたたちが突然訪れても大丈夫だ」

「明日か……」

「待ってはいられませんね、先生」

ギャレットからの話を聞くと、ブリッツがそんなことを言う。

そして、彼の横に並び立つ他の黄金世代メンバーも一斉に頷いた。

――むろん、俺だってそうするつもりでいる。

「俺たちは今からロレッタのもとへ向かう」

「こ、これからか？」

すでに深夜という時間帯であったが、不思議と眠気はない。ロレッタの居場所を示す決定的な情報を手に入れたことでテンションが上がっているようだな。

突然の話に最初は少し呆れ顔だったギャレットも、実はこうなるかもしれないと想定していたらしく、すでに馬車の用意は整えてあるらしい。この人もこの人で結構ヤリ手だよなぁ。

「ほら、こいつがダンジョンのあるグドルって町への道のりを書いた地図だ」

「何から何まですまないな、ギャレット」

「いいってことよ……あんたたちなら、必ずロレッタを連れ帰ってくれると信じているからな」

「任せてくれ」

これはギャレットだけでなく、このゼオスの町に暮らす人々の願いだろう。これまで、自分たちを苦しめてきたロレッタが偽物と判明して安堵したのもあってか、本物にまた会いたいという気持ちが強まっているのかもな。

地図を受け取ると、すぐに宿屋を出て馬車へと乗り込む。

その馬車だが、どうやら手筈を整えてくれたのはギルドにいた冒険者たちのようだった。

彼らも事件の真相を聞き、何か協力できないかとギャレットへ持ちかけ、こうして準備を進めていてくれたらしい。

おかげで、時間はだいぶ短縮できた。

今から飛ばせば、早朝には到着できるはずだ。

「じゃあ、行ってくるよ」

「道中気をつけてな」

ギャレットや多くの冒険者に見送られ、俺たちはグドルの町を目指す。

†

夜空が少しずつ明るくなり、朝日がゆっくりと顔を出そうとしている頃に、俺たちはグドルの町へと到着した。

全員の顔に疲れの色はない。

さすがは学園時代に厳しい特訓を乗り越えてきた猛者たちだ。

ロレッタが討伐依頼を受けたというグドルの町はゼオスよりも小さいものの人の数は多く、朝市の時間が迫っていることもあってか、まだ薄暗いというのに中央通りはとても賑わっていた。

「なかなか活気のある町だな」

「ゼオスよりは健全そうだね」

「あちらはどんよりとした重苦しい空気が町全体にありましたけど、それは偽ロレッタのせいですわ」

「ゼオスも本来はこのグドルのように明るく楽しい雰囲気の町なのかもしれないわね」

エリーゼの言うように、期間としてはそれほど長くはないのだが、多くの冒険者にとって憧れの存在だったロレッタが悪事を働いたというショックから、ゼオスの町はどこか暗い印象を受けた。

俺たちはすぐさま冒険者ギルドへと足を運び、そこでギルドマスターからロレッタの現状を尋ねた。

「あいつならダンジョンで地底竜を狩っている最中だが……」

「ち、地底竜!?」

これはまた凄い名前が出てきたな。

以前、ジャクリーヌが単独でワイバーンを討伐したらしいが、そのワイバーンよりもさらに強いのが地底竜だ。

しかし、その名の通り、地底にしか生息していないため、一般人の目に触れる機会は皆無と言っていい。なので、知名度はワイバーンよりも低いというのが現実であった。

ただ、ギルドにとっては迷惑な存在だろう。

こいつが地下に居着いたとなると、安心して探索できないからな。

町の賑やかさを見る限りではまだ予兆すらないが、放置しておけば間違いなく人は離れていき、やがて町は衰退してしまうだろう。

それをなんとか避けようと対策を練っているうちに名うての冒険者であるロレッタがすぐ近くの町にいると聞いたので、使者を送って討伐を依頼した――という話をギルドマスターが教えてくれた。

「……だが、しばらくロレッタの安否が分からなくなっているんだ」

ギルドマスターの話によれば、ロレッタは二週間ほど前、食料を調達するために地上へと戻ってきたらしいが、それ以降は見かけていないという。その際にロレッタがダンジョンへ持ち込んだ食料は大体一週間分くらいだったので、もうとっくに食料は尽きているのではないかと心配していたらしい。

「ダンジョン内の様子を確認に行きたいところではあるが……何せ潜んでいるのが地底竜だからねぇ。ロレッタが心配ではあるけど、みんな踏み込む勇気が出ないんだよ」

「それなら俺たちが行きましょう」

「えっ⁉」

驚きの声をあげるギルドマスターの男性。

そういえば、俺たちはロレッタを訪ねてきたとだけ告げて関係性についてはまだ何も言っていなかった。というわけで、掻い摘んでここまでの流れを説明すると、「そうなのか！　よろしくお願いするよ！」と興奮気味に握手を求められたあと、さらに「必要なアイテムがあったら言ってくれ！　ここにある物ならなんでも譲るよ！」と言ってくれた。

これもロレッタの人望が成せる業か。

まあ、むやみやたらに突っ込んでいって負傷者続出という展開だったり、地底竜討伐の足手まといになっては本末転倒だからな。仮にロレッタが彼らの心境を耳にしても「地上で待っていてくれ」と制止していただろう。

アイテムに関しては自前の物があるので丁重に断り、ダンジョンの場所を教えてもらってから移動を開始した。

目的地であるダンジョンは町の外れにあり、歩いて十分ほどの位置にあった。

だが、地底竜の影響もあってか周囲に人の姿はない。

これだけで深刻な状況だというのが伝わるな。

「町の喧騒からは想像できないくらい静かだなぁ」

「だが、この状況が続くようなら確実にグドルは……」

「ロレッタはそれを食い止めるために単身で地底竜に挑んでいるようね」

「さすがにひとりでは難しい気もしますわね」

「とにかく入ってみよう」

俺が先頭になり、ダンジョンへと足を踏み入れた。

ここは地下深くまで続いているらしく、入ってからしばらくは緩やかな下り坂が続き、ようやくそれが終わる頃には広い空間へと出ていた。

まずは周辺を探ってみようとしたのだが、ダンジョン内に発光石はほとんどなく、ラウシュ島やゼオスの町近くのダンジョンに比べて薄暗い。

このままでも活動できないことはなさそうだが、念のため、ジャクリーヌの照明魔法で明かりを確保しておく。

話によれば、ロレッタがこれまで長い期間をかけて引っ張ってきたらしく、ダンジョンに入って間もなくのところに地底竜が姿を見せるようになっているようだ。だが、照明魔法で辺りを照らしてみても、それらしい存在は確認できなかった。

「地底竜の近くにロレッタがいるはずなんだが……」

本物の地底竜を目撃した経験はないが、書物から大体の生態については頭に入っている。

体長はワイバーンにも匹敵するため、ダンジョン内に生息していたらすぐに分かると踏んでいたのだが、どこにもいないな。

「もう少し奥でしょうか」

「俺も最初はそうかなと踏んだが……ここからは道が細くなっている。事前にギルドで確認したダンジョンのサイズを考慮すると、地底竜はこの近くに必ずいるはずだ。もう少し近辺を歩いて――」

「グオオオオオオオオッ！」

これからの指示を出そうとした俺の声は、突如としてダンジョン内に響き渡った凄まじい咆哮《ほうこう》によってかき消された。

動物の類《たぐい》とは明らかに違う。

獰猛さと凶暴さが混ぜ合わさったような叫びだ。

「せ、先生!?」

エリーゼが顔を引きつらせながら振り返る。聞いたことのない雄叫びに動揺しているようだが、内心では声の正体に気づいているのだろう。それはブリッツたちも同じだった。

「あっちからです！」

「行きましょう！」

ブリッツとウェンデルが駆けだした後を俺たちもついていく。

大きな岩が重なるように連なっていたので見えづらかったが、その先には今まで俺たちがいた場所よりもさらに広い空間があった。

そこでは、巨大な竜が大きな口を開けて叫び続けていた。書物の絵とまったく同じ姿をしたあいつが、例の地底竜で間違いない。

想像以上の巨躯《きょく》を誇る地底竜だが、どうにも様子がおかしい。

先ほどから続く叫びも、よく聞いたらなんだか苦しそうにも聞こえる。その原因は……きっと、地底竜の前に立つひとりの男だろう。

「あれは……」

見覚えのある背中だった。肩に担ぐのは、自分の身長と大差ないほどの巨大な斧。

それをまるでおもちゃのように軽々と振り回して構える。

「……今度は間違いなさそうですわね」

「相変わらずの馬鹿力ぶりで安心したよ」

「本当に」

「あいつなら——ロレッタなら、それくらいはやってくれるさ」

四人も確信している。

地底竜の前に立つあの男こそ、本物のロレッタであると。

だが、感動の再会と呼ぶにはまだ早い。

なぜなら、目の前にはあの地底竜がいるのだ。ここを生きて帰らなくては意味がなくなってしまう。

「助太刀をしようよ！」

「そうね。さすがのロレッタでも、きついはずだわ」

「なら、わたくしが氷魔法で動きを――」

「待つんだ、みんな」

再会した仲間のピンチに駆けつけようとするウェンデルたちを止めたのはブリッツだった。

どうして止めるのかと三人が質問を投げかけるよりも先に、地底竜が動きを見せる。

「ガアアアアアアアッ！」

雄叫びをあげながらロレッタを丸呑みする勢いで口を開けて迫っていく。

一方、ロレッタは焦る様子を見せず、悠然と巨大斧を構えた。

「変わらないな……」

地底竜が目前にまで迫っているという状況でありながら、ブリッツは心配よりもどこか安堵したような柔らかい笑みを浮かべていた。

とはいえ、あれだけ巨大な地底竜を相手に何日もダンジョンに滞在していたとあっては、さすがのロレッタでも厳しいのではないか。

そんな俺の予想を裏切るように、ロレッタはその大きな体からは想像もできないほど軽やかに跳躍し、地底竜の突進を回避。さらに落下の勢いを利用して地底竜の首へと急降下していった。

「ぬおおおおおおおおおおおおおおおっ！」

さっきの咆哮《ほうこう》が可愛く思えるくらいの雄叫びとともに繰りだされた強烈な一撃により、地底竜は首を切断されてその巨体を地面へと横たえた。

しばらくは痛みでのたうち回っていたのだが、絶命してピクリとも動かなくなる。

それを確認してから、ロレッタは大きく息を吐いて勝利を確信したようだ。

「が、学園時代よりもパワーが増してない？」

「え、えぇ、そうみたいね」

「わたくしの拘束魔法も、あのパワーの前では効果はなさそうですわね」

ロレッタらしい豪快な戦いぶりに、ウェンデルもエリーゼもジャクリーヌも呆れつつどこか懐かしさを感じているようだった。

ただひとり、ブリッツだけはこうなる結末を予想していたらしく、腕を組んで満足げに何度も頷いていた。

向こうはひと仕事終えたみたいだし、声をかけてみるかな。

「ロレッタ」

「っ⁉」

一瞬その大きな体がビクッと小さく跳ねて、それからゆっくりとこちらへ振り返る。

俺の声だと分かっていたらしく、目が合った途端にロレッタは俺たちの突然の来訪に驚きつつも明るい笑顔を見せた。

「せ、先生⁉」

「久しぶりだな。元気そうで何よりだよ」

「い、いや、その、えっ？　なんで？」

軽くパニック状態となるロレッタだが、徐々に冷静となっていき、数年ぶりに顔を合わせる同期たちとの再会を喜んだ。

「ブリッツもジャクリーヌもエリーゼもウェンデルも！　みんな変わってないな！」

「そういう君は……以前よりもたくましくなったな」

「たくましいというか、ワイルドになったっていう方が正しいですわね」

「地底竜と戦ってるところ、素敵だったわ」

「ホント！　まさに冒険者って感じ！」

再会を喜び合う五人。

表立っての評判は黄金世代の四人が圧倒的に高く、もともと問題児だったロレッタはその中に入ることはなかった。

まさに幻の五人目。

それが、周囲の評価であった――が、こうして一緒にいる姿を見ると、他の四人と何ひとつ変わらないな。

「しかし、よくここが分かりましたね」

ロレッタに問われ俺は答える。

「いろいろとあってな。それも含めて、一度じっくりと話がしたい」

「分かりました。ちょうど地底竜の討伐も終わったので、その報告をギルドマスターにしてから――っと、すいません。実はもうひとつ寄りたいところがありまして……」

「ゼオスの町だろ？」

俺がそう答えると、ロレッタは驚いたような顔をする。

「ど、どうしてそれを？」

「言っただろう？　『いろいろとあった』って」

俺はブリッツたちへ目配せをすると、一斉にクスクスと笑いだした。ロレッタは状況が呑み込めていないようだった。

とにかく、やるべきことをやって、それが終わったらゼオスの町へと戻り、ギルドでちょっとした同窓会を開くとしよう。


グドルの町へと戻ったロレッタは、ギルドへ地底竜討伐の一報を入れる。

すると、ギルド内はあっという間にお祭り騒ぎとなった。

地底竜の討伐が町の未来を左右すると言って過言ではない状況が続いていたということもあって、人々の喜びはひとしおだろう。

当のロレッタ本人は浮かれまくる町の人たちを優しく見つめていた。そして、「一ヵ月以上にわたって凄まじい激闘を繰り広げてきたのはこれのためなんですよ」と俺に語る。

明るい外に出てきた際、ロレッタの全身が傷だらけであるのに気づいた。偶然にもトドメを刺す瞬間に立ち会ったため、いとも容易《たやす》く討伐しているかのように映ったが、実際はそうではなく、本当に大変な戦いだったようだ。

「お疲れ様、ロレッタ」

「……先生にまたそう言っていただける日がやってくるとは……嬉しさもありますが、なんだか照れ臭いですね」

改めて労《ねぎら》いの言葉をかけると、ロレッタははにかんだ笑みを浮かべる。

その後、討伐を祝して盛大な祝賀会を開きたいとグドルの町長から誘われたが、ロレッタはゼオスの町に住む者たちへも報告がしたいと説明し、そちらを優先することとなった。

というのも、ダンジョンからグドルの町へ戻る道中で、フランクリンの起こした「偽ロレッタ事件」の顛末を話したからだ。

ギャレットをはじめ、かつての仲間たちが心配していると耳にしたロレッタは、すぐにゼオスへと帰還する意思を表明。

それから、グドルの町長や町の人たちに感謝の言葉を贈られつつ、俺たちはロレッタとともにゼオスを目指して馬を走らせるのだった。

†

ゼオスの町へと戻ると、こっちはこっちで大騒ぎとなった。

偽ロレッタ事件が解決したことで再び明るさを取り戻したゼオスであったが、そこへさらに本物が帰ってきたという朗報が飛び込み、ちょっとしたパニック状態となっていた。

これだけでもいかにロレッタの存在が大きいかが分かるな。

初めて声をかけた時は怖い顔で睨まれ、胸ぐらを掴まれたものだが……それが今では町の小さな子どもたちからも好かれるヒーローとなっている。人というのは変わろうと思えば変われるのだなぁと実感するよ。

真っ先に人だかりができたのはロレッタの周囲だが、俺たちのもとへもギャレットや冒険者が集まって次々と言葉をかけられた。

「よくやってくれたよ」

「約束したからな」

ギャレットと固い握手を交わし、抱き合ってロレッタの復帰を喜んだ。

その後、場所をギルドへと移し、そこで夕食をとりながら今後についての話し合いを行う流れとなる——まあ、最初くらいは堅苦しい話を抜きにして、再会を楽しむ会となった。

「「「「カンパーイ！」」」」

大きなテーブルに並ぶ豪華な料理の数々。これらはロレッタの帰還を祝してゼオスの町の人たちが無償提供してくれたものであった。おまけに高級な酒まで出てきて大盤振る舞い。それくらい、みんなロレッタが帰ってくるのを待ち望んでいたのだ。

「しかし、こうして改めてみんなの顔を見ると……やっぱ変わってねぇな！」

「おまえが劇的に変わりすぎなんだ」

「そうですわね。偽物が魔法でそっくりに作り変えているのを先に見ていたので、ちょっと不思議な感じはしますが」

「ああ、それ言えてる。僕も最初見た時に浮かんだ感想は『偽物にそっくり』だったしね」

「私もよ」

ブリッツ、ジャクリーヌ、ウェンデル、エリーゼの四人は上機嫌だった。メンバーの中でももっとも苦労人である彼をとても心配していたからな。こうして立派な冒険者となって再会できたのは嬉しいのだろう。

もちろん、俺だって嬉しい。

ロレッタが追放された時、俺は仕事で出張中だった。もし俺がその場にいたのなら……もしかしたら、ロレッタはまったく違った人生を歩んでいたかもしれない。そう思うと、やるせない気持ちになる。

「すまなかったな、ロレッタ」

「えっ？　な、何がですか？」

「君が大変な時に、俺はなんの力にもなってやれなかった」

「その件でしたか……それならもう気にはしていませんよ」

ロレッタはあっさりと言いきった。

「あれは俺の起こした問題ですから、俺自身が責任を取らないと筋が合いませんよ。いかなる時も暴力を振るわないという先生との約束も破ってしまったわけだし」

反省を口にしていたが……彼の振るった暴力も、もともとは女性を助けるためにしたこと。

実際、女性は危ういところを救われたわけだし、現場で捕まった男には余罪がたんまりあった。

むしろ、ロレッタは褒められてもいいくらいの功績を残したと言える。

しかし、当時の学園はメンツを優先してロレッタを退学処分とした。立ち直っている様子があったとはいえ、もともと素行面の評価は最悪だったからな。

もしかしたら、俺の知らない間に水面下でどうにか追い出そうと画策していたのかもしれない。

そう思う根拠として、あの頃から現在みたいな「エリート至上主義」みたいな風潮が出回り始めていた。俺が学園にいなかったということも、その判断を後押ししたのだろう。

ずっと気がかりではあったが、本当によくぞここまで成長してくれた。

これもすべては彼のたゆまぬ努力の成果だろう。

「君がこうして元気にしてくれていて、本当に良かった」

「何事もあきらめずに取り組めば道は拓ける――先生の教えがあったからこそ、ですよ」

「そう言ってもらえるとありがたいよ」

俺の教えが、少しでも彼の役に立ったのなら、教師としてこれ以上ない喜びだ。

――さて、感動の再会を楽しむのはいったん中断し、仕事の話に移ろう。

「ロレッタ……君を訪ねた理由だが――」

「何か、仕事絡みですか？」

「その通りだ」

さすがに察しがいいな。

だったら、こちらも小細工はなしで真っ向から尋ねてみよう。

「単刀直入に聞くが……新しいダンジョンへ挑戦してみる気はないか？」

「新しいダンジョン？」

ピクッと体が反応し、瞳の輝きが増すロレッタ。

「それは実に魅力的な響きですね。詳しく教えてください」

前向きな態度を示すロレッタ。

そこでまず、俺自身が置かれている立場について語る。

どうやら、ロレッタは俺がギアディス王国の学園を辞めて、エストラーダ王国にあるラウシュ島調査団の団長に就任したことも風の噂で知っていたらしい。

ただ、ロレッタとしてはその噂に関して半信半疑だったという。

いくらあのギアディスでも、自分のような半端者を立ち直らせ、さらに他の教師たちから半ば見放されていたような立場にあったブリッツたち四人を黄金世代と呼ばれる存在にまで育て上げた賢者を手放すはずがない。ゆえにデマである可能性の方が高いとロレッタは判断していた。

だが、こうして俺自身からギアディスの実態を耳にし、落胆した。

「あのギアディスがそこまで落ちぶれるとは……」

何か思うところがあるらしく、ロレッタはそれ以上ギアディスについて語ろうとはしなかった。

重苦しい空気が流れ出したので、ここからは話題はガラッと変えようと例の地底竜絡みの件に移行。

偽ロレッタ事件が何者かによって手引きされていたという事実から、グドルの町で怪しい人物との接触がなかったか確認を取ったが、ロレッタは特に心当たりはないという。

最初はギアディスを疑ったが、あそこがそこまでこだわる理由がない。ロレッタをなんとかして引き入れようとしていたというなら分かるが、なぜ地底竜をけしかけてまで襲ったのか。

これに関してはウェンデルがある仮説を立てていた。

「ロレッタが狙われた理由なんですけど、もしかしたら僕たちと合流させないために誰かが仕向けたんじゃないでしょうか」

「どうしてそのようなマネをするんですの？」

ジャクリーヌからの質問に、ウェンデルは「そこまでは分からないけど」と前置きをしてからこう続けた。

「もし、ロレッタが僕たち黄金世代と親しい間柄だって知っている人がいたら、ラウシュ島の調査に加わるかもって懸念を抱くのではと」

「懸念、か……」

それはつまり、エストラーダによるラウシュ島の調査を快く思っていない者たちがいるというわけか。となると、ギアディスの線は薄まってくるな。

ただ、これも憶測の域を出ないので、なんとも言えない。

あまりにも情報が少なすぎる。

とりあえず、エストラーダへ戻ったらグローバーに報告し、王家を通じてゴルパド王国にフランクリンを尋問して得た情報を提供してもらえるよう呼びかけるしかないか。

どこまでゴルパドが協力をしてくれるか不透明な点はあるものの、グローバーの話ではギアディスとレゾンの連合軍が不穏な動きを見せる中で、エストラーダは比較的友好的な間柄であるゴルパドとの関係性の強化に動いているらしい。

協力を得られる可能性は高いが、絶対と断言もできないな。

まあ、その辺は今後の報告次第ということで話をまとめて……そろそろ本題へと移るか。

「ロレッタ、今回俺たちがどうして君のもとを訪ねたかといと、ぜひともラウシュ島の調査に力を貸してほしいとお願いしに来たからなんだ」

「俺の力を……」

一瞬、ロレッタは戸惑ったような表情を浮かべる。

突然そのようなことを言われては困ってしまうだろう。

正式な返事についてはもう少し時間を置いてからでも構わない――そう告げようとした時、

「喜んでやらせてもらいますよ」

ロレッタの口から承諾する言葉が飛びだす。

「や、やってくれるか？」

「俺はいつか先生に恩返しをしたいと考えていました。卒業を間近に控えて退学処分となってしまい、裏切るような形になってしまったため、もう合わせる顔がないと落ち込んでいましたが……ようやく、それを叶えられる機会がやってきたという嬉しい気持ちでいっぱいです」

力強く宣言するロレッタ。

そこまで考えていてくれたとは、正直驚かされた。

一方、黄金世代の四人はロレッタが快諾した途端に大はしゃぎ。まるで子どものように喜ぶと、席を立って彼の周りに集まった。

「これからよろしく頼むぞ、ロレッタ」

「まあ、その働きに期待はしてあげますわ」

「ロレッタが復帰してくれて本当に嬉しいよ！」

「一緒に頑張りましょうね」

反応の仕方はさまざまだが、きっとみんな気持ちは一緒なのだろう。

浮かれている五人を眺めながら料理を口にしていると、そこへギャレットがやってきた。

「あんな無邪気に笑うあいつを見るのは初めてだぜ」

そういえば、彼は元々ロレッタがリーダーを務めているパーティーのメンバーだったな。

地底竜討伐の際に一時的にではあるが離れていたらしいが、ラウシュ島の調査に合流となったら、パーティーの再結成は不可能になってしまう。

――そうだ。

「なあ、ギャレット。ちょっといいか？」

「うん？」

俺はギャレットにここまでに決定したことを語る。ラウシュ島の調査に参加するため、再びロレッタがゼオスの町を出ると知ると、大きなため息を漏らした。

「まあ、そうなる予感はしていたさ」

「そこで提案があるんだが……あなたもロレッタと一緒にラウシュ島へ来ないか？」

「俺が？」

「かつてはロレッタとパーティーを組んでいたのだろう？　今、うちは少しでも経験の豊富な冒険者を欲しているんだ」

「………」

ギャレットは少し俯き、それから顔を上げて首を横へと振った。

「あんたの誘いはありがたいが、そいつはできない。実は……もう冒険者は引退したんだ」

「えっ？　そうだったのか？」

「今は鍛冶屋《かじや》をやっていてな。これが意外と面白くてよ。それに、身重《みおも》の妻がいるんだ。今日もこの一杯をやったら家に帰るつもりだよ」

なるほど。

そういう事情なら、ここを離れられないな。

「冒険者として島の調査には加われないが、あんたたちには返しきれないほどデカい恩があるのは確かだ。何かあったら言ってくれ。俺に協力できることならなんでもやらせてもらう。きっと他の冒険者たちも同じ気持ちのはずだ――なあ？」

「「「おおおおおおおっ！」」」

周りにいた冒険者たちも勇ましい叫びで答えてくれた。

「ありがとう、ギャレット。それにみんなも」

エストラーダから遠く離れたゼオスの町に、なんとも頼もしい仲間が一気にたくさん増えたようだ。いずれ彼らの中からラウシュ島のダンジョンに挑みたいという者が出てくるかもしれない。そうなったら、笑顔で迎えられるよう諸々の準備をしっかり整えておかなくてはな。

ギルドでの宴会はその後も大いに盛り上がった。

ゼオスの町がかつての賑わいを取り戻した余韻に浸りながら、町全体が今日という記念すべき日に酔いしれている——そんな喜ばしい夜となったのだった。

第17話　旅立ちの朝

楽しい同窓会が終わり、迎えた翌朝。

「しばらくこの町ともお別れだな」

出発の準備を終え、宿屋の外へと出てきたロレッタが呟く。

その眼差しは早朝のゼオスへと向けられていた。

結局、宴会は深夜まで続き、参加者のほとんどがギルドで一夜を明かした。ちなみに、まだ呑み続けている者もいるらしい。タフというかなんというか。

宴会を切り上げてきた者たちは、ロレッタを見送るために宿屋へと集まっていた。

そこにはもちろんギャレットの姿もある。

彼の横にはお腹の大きな女性が立っており、恐らく彼女がギャレットの奥さんだろう。

「ったく、久しぶりに戻ってきたと思ったら、今度はエストラーダ王国直属の調査団メンバーになるとはねぇ……今度はしばらく帰ってこられないんだろ？」

「悪いな、ギャレット」

「まあ、おまえにはそっちの方が似合っているよ。それでも、たまには帰って顔を見せに来いよ」

「もちろんだ。今度会う時にはきっと子どもも生まれているだろうから、おもちゃでも買ってくるよ」

抱き合って別れを惜しむふたり。

当分の間、この町には戻ってこられなくなるということで、時間が経つにつれてギャレットの他にもロレッタの新たな旅立ちを見送ろうと多くの冒険者や町の人たちが集まってきてちょっとした騒ぎになっていた。

「凄い人気だな」

「意外ですわね」

「そう？　学園時代も後輩には結構人気があったと思うけど」

「あの頃から面倒見がよかったものね」

多くの人が詰めかけてきている光景を目の当たりにした俺やブリッツたちは、いかにロレッタが強い影響力を持った人物であるのかを改めて知らされる。

しかし、同業の冒険者や町の人たちからここまで愛されているロレッタの姿を見ると、学園を去ってからも真面目に頑張っていたことが伝わるな。これなら、ラウシュ島での活躍も期待できるよ。

「そろそろ行こうか、ロレッタ」

「はい！」

俺たちとしても、せっかく仲良くなったこの町の人たちと別れるのは辛いのだが、ちょうど馬車も到着したみたいだし、少しでも早く戻ってエストラーダ王やグローバーに報告をしておきたいので致し方ない。

「じゃあ、行ってくるよ！」

最後にロレッタが手を振りながら集まってくれた人たちに向かってそう叫ぶと、あっちからも「体には気をつけろよ！」とか「達者でなぁ！」とか、いろんな声が飛んできた。

こうして、新たな仲間――黄金世代幻の五人目が加わり、ラウシュ島の調査はさらに進んでいくことだろう。

†

日をまたぐほどの長い帰り道を経て、俺たちはラウシュ島のあるエストラーダの王都へと戻ってきた。

馬車を降りてすぐ、ロレッタは忙《せわ》しなく首を動かして町並みを見回す。

「ここが王都か……」

「エストラーダに来るのは初めてなのか？」

「遠巻きに城を見た記憶はありますが、足を運んだことはないですね」

「なら、みんなで案内するよ」

パトリシアやイム、それに作業を続けてくれているラウシュ島の人々の様子が気になるところではあるが、まずはそちらへ向かう前に、国王陛下へ報告しようと考えていた。黄金世代の五人目がどういう人物なのか、随分と気にされていたからな。

一応、調査団に加える人材については俺に一任されているのだが、やはりここはきちんと知らせておいた方がいいだろう。

馬車を預けてから、すっかり歩き慣れた王都の中央通りを進んでいく。

時間帯としては昼をすぎており、朝市の活気はとうになくなっているはずなのだが、それでも王都は盛況だった。

そういえば、港に停泊する外国からの商船の数が日に日に増えているような気がする。ラウシュ島が「災いを呼ぶ島」だという噂は他の国にも知れ渡っているらしく、それを理由に来航を避けているというケースもあるという。

ただ、最近は俺の定期報告で島の情報を知った王都の人たちが、やってくる他国の商人たちにそれを話し、噂にあるような事実はないと分かると貿易の申し込みが増えていったらしい。

まだ島は調査途中という段階なので、これからどうなるか分からないが、少しは国の発展に貢献できているようなので素直に喜んでおこうと思う。

エストラーダどころか港町へあまり訪れた経験がないというロレッタは、停泊する船に視線を奪われていた。

「おぉ……すげぇ……」

初めて見る大型の商船。

それも一隻や二隻ではなく、かなりの数がズラッと並んでいる。さすがにこれだけの数は俺たちも滅多にお目にかかれないのでロレッタと似たような反応になってしまうな。

そんなことを考えながら足を止めていると、こちらに気づいた王都の人たちから声をかけられる。

「おや、旅から戻られたんですね、オーリン先生」

「おかえりなさい、オーリン先生」

「先生！　いい魚があるんだよ！　帰りに寄っていってくれよ！」

ひとりひとりに応対していると、この町でも知り合いが増えたなぁと実感するよ。

すると、背後から何やら話し声が。

「さすがは先生だ……この町でも学園と同じようにみんなから尊敬されている……」

「その通りだ、ロレッタ」

ロレッタの言葉にうんうんと頷《うなず》くブリッツ。

あまり大袈裟《おおげさ》にしてもらいたくはないのだが……ジャクリーヌたちもそれに続いて盛り上がり始めたので収拾がつかなくなってきた。

城まではまだ距離がある。

もうしばらく、この騒がしいノリは継続しそうだな。

城へ到着すると、すぐにエストラーダ王に会えることとなった。

事前にジャクリーヌが使い魔でロレッタ合流の件を伝えていたわけだが、それを知った国王陛下が楽しみに待っていたのだという話を城の門番が教えてくれた。

「な、なんか……めちゃくちゃ期待されている？」

さすがのロレッタも国王クラスの人に、会うのを楽しみにしていると言われたら緊張するらしい。学園時代はそういうのに無縁だったから尚更だな。

「これもすべてはオーリン先生がこのエストラーダでも高く評価されているからこそだ」

「それはちょっと大袈裟だろう……俺だけじゃなく、黄金世代と呼ばれた君たちがしっかり仕事をこなしているからこそ、国王陛下も期待してくださるんだ」

こっちの方が正しいだろうな。

現に、四人が合流してからの方が島の調査は進みが早くなった。今は島の中央にある大きな山の麓までに及んだが、パトリシアやイムだけではここまでのスピードで調査は進行しなかったはず。

あのふたりが悪いわけじゃない。

実際よくやってくれている。

ただ、この四人が凄すぎるだけだ。

――っと、これからは五人になるんだったな。

新たな力が加わった新生黄金世代。

そのお披露目も兼ねて城へとやってきたわけだが……王の間に入るやいなや、国王陛下のテンションが一気にアップする。

「待ちかねていたぞ！」

なんだか、これまでとイメージが違うような……ま、まあ、それだけ、ロレッタの到着を心待ちにしていたのだろう。

「君が例の――黄金世代幻の五人目か」

「はい。ロレッタと申します」

ロレッタはその場に跪《ひざまず》き、名を告げた。

ここにはグローバーもいて、学園時代のロレッタを知っている彼は驚きに目を大きく見開いていた。

思えば、ロレッタが改心して黄金世代の一員となったのはグローバーが卒業してからだったな。

悪い噂しか耳にしていないグローバーにとって、この変わりようは別人じゃないかと疑いたくなるレベルだろう。

俺は堂々と振る舞うロレッタを後ろから眺めているが……立派になったなぁと胸の奥から熱い感情が込み上げてくる。

もう再会を果たしてから丸一日以上経ってはいるが、未だにそう思えてくるんだよなぁ。

最初は話を聞くだけでも大変だったし、その時の鋭い眼光は「誰にも従わない！」という強い意思を宿していた。

強すぎる意思が災いして学園は退学寸前だったわけだが、初めて顔を合わせた時に感じた才能は本物だった。ブリッツたちとの交流を経てそれが無駄にならず、見事に開花してくれて本当によかったよ。

「すでにラウシュ島調査団の団長であるオーリン・エドワースから詳しい話がいっているとは思うが、君にはラウシュ島で発見されたダンジョンの調査における最高責任者になってもらいたい。そして、ゆくゆくはギルドを設営し、そこのトップに就任してほしい」

「承知しました」

国王陛下の願い出に、ロレッタはあっさりと快諾。

事前に話はしていたから、彼も受け入れやすかったのかな。

その後、ロレッタは国王陛下からの要望でこれまでの冒険譚《ぼうけんたん》を語った。

学園から去った後の出来事ばかりなので、俺たちも新鮮な気持ちで聞き入る。やはり相当苦労したようだ。

話が終わると、すぐにラウシュ島へ向かう準備に取りかかる。

乗ってきた船はマリン所長の造船所に預けているため、そいつを受け取りに行く必要があった。

最後に、グローバーから俺の留守中に起きた事態についてひとつ報告があるという。

それは肝心のダンジョン絡みについてであった。

「現在、王都を中心に冒険者を集めている最中だが、こちらは少し時間がかかりそうだ」

「人がいない、と？」

「そもそもエストラーダにはダンジョンがほとんどないからな。冒険者稼業をする者はほとんどよそへ移っている」

まあ、これは予期できた問題だな。

――しかし、解決策ならある。

「グローバー殿、その件については、じきに解消されると思います」

「何っ？　どういうことだ、ロレッタ」

「私の仲間たちが島のダンジョンに挑むための準備を進めています。近いうちに王都を訪れるかと」

「そ、それは本当か？」

「はい。頼りになるいいヤツらばかりですよ」

懸念材料であった人材不足は、ロレッタの仲間たちによって解決されるだろう。残念ながらギャレットの参加は叶わなかったが、それ以外にも気の良い連中ばかり。

まあ、最初に変な絡まれ方をしたけど、あれは偽ロレッタことフランクリンの横暴でイラついていたのが原因だしな。まとめ役である本物のロレッタがいてくれたら、あの手の問題は起きないだろう。

グローバーとしても、冒険者を集めるのはいいがトラブルを起こすような輩を招き入れるわけにもいかないので選別に苦慮していたらしく、冒険者として名高く、おまけに俺の元教え子であるロレッタお墨付きの仲間となれば諸々の手間が省ける。

ここは俺も責任を持つということで、冒険者についてはロレッタに任される運びとなった。

互いに報告を終えると、俺たちは島へ戻ると国王陛下に伝える。

港の状況を見る限り、ラウシュ島の調査はエストラーダにとって大きなプラス要素をもたらしているようなので、今後も気合を入れて仕事に当たらなくてはな。

島へと戻る前に、俺たちはグローバーにお願いしてある場所へと案内してもらう。

それは城から少し離れた場所にある牢屋であった。

ここには、ロレッタに憧れて冒険者となったものの偽物のせいでひどい目に遭った若い三人の冒険者が捕らえられている。

俺から事態を耳にしたロレッタは、ゼオスからの移動中にぜひともその三人と会ってみたいと語っていた。彼らは偽物に騙されていただけで、性根が腐っているわけではないと俺に訴えたのだ。

どうやら、直接の面識はないがロレッタのパーティーへの参加希望をしている若者がいるという話は聞き及んでいたらしい。それからすぐに討伐依頼をこなすためにゼオスを離れなくてはいけなくなったので返事は保留となっていたが、偽ロレッタことフランクリンはそれを知って彼らを手駒として扱っていたようだ。

ロレッタから事情を聞いたグローバーは、「そういうことなら」と面会を許可してくれた。


牢屋のある塔に入ると、すぐにあの三人組が目に入る。

彼らは俺たちに気づくとこちらを一瞥し、その中にロレッタの姿を発見すると大慌てで檻にしがみついた。

「ロ、ロレッタさん⁉」

「ど、どうしてここに⁉」

「な、なぜ⁉」

「まあ、落ち着け」

興奮状態の三人に優しく声をかけたロレッタは、ゼオスで起きていた一連の騒動について詳しく話していく。やがて事情を理解していくと、三人の目からは涙がこぼれ落ちた。

「あ、あのロレッタさんは偽物だったなんて」

「で、でも、よかったよ」

「俺たちが憧れたロレッタさんは、やっぱり憧れのままのロレッタさんだったんだ」

三人は抱き合って大号泣。

その後、グローバーへ謝罪の言葉を述べた三人に対し、彼は「迷惑をかけた店主に直接謝罪し、許してもらうこと」を条件に手錠つきではあるが牢屋から解放。そのまま俺たちと一緒に店へと向かった。

店主を発見すると、三人は即土下座。涙ながらに「申し訳ありませんでした！」と心から反省の弁を述べる。それを耳にした店主は「きちんと罪を認め、謝罪する気持ちがあるのならそれでいい」と笑って許してくれた。

晴れて無罪放免となった三人に対し、ロレッタはダンジョン探索のメンバーに加えてもいいだろうかと俺やグローバーに持ちかける。

グローバーは「オーリン先生の判断にお任せしますよ」と言ってくれたので、ロレッタの指示には必ず従うように釘を刺してから、ともにラウシュ島へと渡る許可を出した。

「はっはっはっ！　よかったなぁ、おまえら！　冒険者として新たなスタートを切れるぞ！」

「「「はい！」」」

豪快に笑い飛ばしながら三人の門出を祝うロレッタ。

彼もブリッツと同じように、指導者タイプだな。

いずれはラウシュ島の冒険者たちを束ねる立派なギルドマスターとなって調査を助けてくれるだろう。

さすがにすぐ釈放というわけにはいかないようで、手続きやら準備があるというので合流は後日改めてとなった。


こちらの問題も解決したので、いよいよ島へと帰還するために中央通りを通って港にある造船所を目指す――が、その途中で見知ったふたりの少女と数日ぶりの再会を果たす。

「「先生！」」

港に教え子ふたりの声が響く。

「パトリシア？　それにイムまで。どうしたんだ？」

「お迎えに上がりました！」

「みんなで帰ろう！」

「おぉ、この子たちが先生の新しい教え子ですか」

「「っ!?」」

後ろから顔をのぞかせたロレッタの顔を見て、ふたりは固まってしまう。

「ありゃ？　どうかしたのか？」

「おまえの顔が怖いのだろう」

「えっ⁉」

ブリッツからの指摘を受けて「そうかぁ？」と首を傾げるロレッタ。後ろではジャクリーヌたちが必死に笑いをこらえていた。

まあ、荒くれ者の多いゼオスの町ではそれほど気にはならないが、平穏なこのエストラーダの町並みの中では確かに少し浮いているのかもな。このふたりも、獰猛なモンスターと対峙した経験があるんだからそこまで怖がらなくてもいいのだが、どうやらモンスターよりもロレッタの方が怖いらしい。

実際、凶悪な地底竜の首を巨大斧でぶった切るくらいだからな。パトリシアもイムもその話はまだ聞いていないだろうから、本能でロレッタの実力を見抜いたのだろう。

困ったのはそのロレッタだ。

これからラウシュ島の調査を一緒にする仲間のふたりと仲良くなるべく、彼は小さな声で話しかけた。

「だ、大丈夫だぞ？　俺は怖くないから」

必死のアピールにより、少しずつパトリシアとイムの警戒心が解かれていく。俺の元教え子が加わるという話は事前にしていたので、慣れてくれれば問題ないだろう。

ふたりは造船所に先回りをしていて、マリン所長から俺たち専用の船をここまで運んでもらったらしい。ジャクリーヌの送った使い魔から今日戻ってくると知って事前に用意してくれたのか。さすがだな。

「ありがとう、ふたりとも」

「「えへへ～」」

よくできた教え子ふたりを撫でながら、俺たちは船へと乗り込む。

さあ、明日から島の調査を本格的に再開していくぞ。

第18話　久しぶりのラウシュ島

ラウシュ島へと戻った俺は、まずターナーをはじめとする開拓メンバーにロレッタを紹介した。

黄金世代幻の五人目という前評判もあり、調査団メンバーも注目していたらしい。

「ロレッタです。よろしくお願いします」

深々と頭を下げたロレッタを、調査団の面々は温かい拍手で迎えた。ロレッタもみんなから歓迎されてホッとしているようだ。

受け入れについては、何も心配はしていなかった。

黄金世代の四人がこのラウシュ島でどのような活躍をしているのか——それは島の誰もが理解している。だから、彼らが認めているロレッタがどのような人物なのか、大体察しているのだろう。

そのロレッタが挑むダンジョンについては、俺やブリッツたちで案内することとなった。

ただ、俺には他にも仕事があるし、他のみんなは長旅での疲れを癒すため、今日のところは拠点で体を休め、明日改めて挑もうということで話はまとまった。

さて、俺の仕事だが——それは長らく不在としていた間に、この島で何があったのか報告を受けることだった。

拠点の紹介と案内はブリッツたちに任せるとして、俺はターナーやクレール、カークたちからそれぞれが担当している場所で起きたことの報告を詰め所にある書斎で受けた。

農場を担当するカークと、拠点周りを担当するクレールは揃って「特に異常なし」と口にする。

この流れなら港も異常なしかなと思っていたが、どうやらターナーからは別の報告があるようだ。

「港の改修がほとんど終わりまして、明日にはエストラーダ王都から物資を届ける船がこちらに寄港する予定となっていいます」

「そ、そうなのか？　グローバーから報告がなかったのだが……」

「実は驚かせようと黙っていてもらったんですよ」

そう語るのはイタズラっぽく笑うクレールだった。

サプライズというわけか。

確かに驚かされたよ。

「船はいつ到着するんだ？」

「朝にはこちらに着く予定です」

「ふむ。それならダンジョンへ行く前に立ち寄れそうだな」

ラウシュ島に複数の船が停泊できるようになれば、今後の探索にとって大きなプラスとなるだろう。

しかし、さすがにまだ入植とまではならないだろうな。その辺はパジル村の人たちとも話をしておかないといけないし。ダンジョン探索が始まったら、村を訪れてセルジさんたちに持ちかけてみよう。

報告を聞き終えると、ちょうど拠点の紹介を終えたブリッツたちが戻ってきた。

ここで気づいたが、空はすっかりオレンジ色に染まっている。

みんなお腹を空かせているだろうから、報告をまとめるのは夕食後になりそうだな。

ロレッタを加えてから初めてのディナーはとても盛り上がった。

彼はなんというか、人の懐《ふところ》に入るのが非常にうまく、またその豪快な性格がターナーたち職人とよく合い、とても今日が初対面とは思えないほど馴染んだのだ。

うまくやっていけそうで何よりと安堵しつつ、要らぬ心配だろうがあまり羽目を外しすぎないようにと注意をしておく。明日からはいよいよ本格的にダンジョン調査が始まるわけだからな。初日から二日酔いでグダグダという展開だけは避けたい。

まあ、ロレッタもその辺は分別がつくだろう。

職人たちは職人たちで、明日の午前中はいよいよ港が生まれ変わる瞬間を迎えるのだ。ここで酔いつぶれて悪影響をもたらすわけにはいかないだろうしね。

それにしても、廃墟同然だった港をこの短期間でよみがえらせたのはさすがの手腕だな。魔法の力を借りているとはいえ、それだけではとてもあのスピードでは完成できない。

あの港で、先代の国王は何をしようとしていたのか。

パジル村の人たちと交流があったわけではなさそうなので、独自に調査を進めていたのだろうか。

その辺の謎も今後解明していきたいと思う。

賑やかな宴が続く中、俺はひと足先に切り上げさせてもらった。

理由は、報告のまとめと今後の探索計画を練るためだ。

ロレッタや職人たちからは名残惜しまれたが、これも仕事。それに、ロレッタとはまたゆっくりと酒を交わしたい。

書斎へと戻ってきた俺は、早速これまでの報告を書き出してみる。

とはいえ、畑や拠点周辺では特に目立った変化はなかったようだし、港も順調に完成したという嬉しい知らせだったから特に言及する必要はないか。

あとは……島の調査だ。

現在、島の半分くらいまで到達できた。

すべてを調べ終える日はそう遠くない——だが、調べ終えるのとすべての謎が解明できるのは同じ意味ではない。

あの難破船をはじめ、島のあちこちで見られる島外から来訪した者たちの形跡。それが一体何を意味するのか。そして、彼らが何を目的にこの島へとやってきたのか。そのすべてを解明し終えるまで調査は終わらないのだ。

ただ、やはり島の全体像を掴まなくてはならないだろうな。

この島で長らく生活をしているパジル村の人たちでさえ、隅々まで知り得ているわけではないのだ。モンスターなどの存在もあって、把握できている箇所は決して多くない。

それと、厄介なのはダンジョンだ。

新たにロレッタが加わってくれたことで進展はするだろうが、すぐに大きな発見があるとは思えない。ジャクリーヌの話ではめちゃくちゃ広いらしいからな。気長に焦らずやってもらうとしよう。

こうしたさまざまな案を脳内で巡らせた結果、この本来の目的を果たすために島を見て回ろうという結論に行き着く。

「さて……何が見つかるかな」

新しい情報が手に入るか、それともこれ以上の情報を引き出すことはできないのか。

やってみなければ分からないけど、あきらめるつもりはない。

いつか、この島のすべてを解き明かしてみせる。

――っと、そうだ。

島の調査を再開する前に、パジル村の人たちにも挨拶をしに行くのを忘れないようにしないとな。

この島の調査については、彼らの協力は必要不可欠。

港が完成したので、新たな交流の機会は増えるだろうし、きちんと説明をしておかないといけないだろう。

明日からはこれまで以上に気合を入れていかないとな。

第19話　ラウシュ島の港

翌日。この日は早朝から黄金世代の四人とパトリシア&イムを連れ、ロレッタを島にあるダンジョンに案内することとなっており、早朝からそれに向けた準備を進めていた。

「新天地で新ダンジョン……冒険者にとって、これほど心躍る状況はありませんよ」

ロレッタはまるで小さな子どものようにウキウキしていた。出会った当初の尖っていた彼からは想像もできないほど無邪気な表情だ。

しかし、その実力は折り紙つき。

彼ならば、ダンジョン攻略もうまくやってくれるはず。それに、彼の評判を耳にした冒険者たちがこの島への移住を求めてくるだろう。

再会したあの町での評判も上々だったみたいだし、実際、「俺も準備を整えたらラウシュ島へ行きます！」と宣言している者もいた。

その場合、まずはグローバーたち騎士団に話を持っていって来島の許可をもらわなければならない。その他、諸々の手続きも必要ということですぐに島へと渡ってくるのは難しいだろうな。

援軍の到着を待ちつつも、ロレッタはダンジョンの様子を掴むために探索をしたいと申し出ていた。

俺はそれを快諾し、ならばいっそのことみんなで行くかと昨日の宴会の時に持ちかけ、本日はそれが実現した形となった。

今回は数日間の泊まり込みが確定しているため、荷物は多めだ。

中継地点として建てた屋敷があるため、そこを利用しつつもテントなどの非常用アイテムもしっかり取り揃えておく。


みんなが準備にドタバタとしている間、俺はターナーや職人たち、さらにはカークら農場組とともに港へと移動していた。

潮風を浴び、海鳥たちの鳴き声を耳にしながら待っていると、やがてこちらへ向かってくる一隻の船が視界に入った。

「どうやら、あれが王都から来た船のようですね」

ターナーはそう口にすると、職人たちへ的確な指示を出していく。

島に接近する船は俺の想定よりもずっと立派な作りをしている。前に物資を持ってきた船も大きかったが、それ以上であった。割と本格的な商船だな。

「バンフォードさんが動いてくれたのかな」

「あの方ならばやりそうですね」

ドネルにとって、エストラーダで最大手の商会をまとめるバンフォードさんは直属の上司にあたる。最初にこの島へやってきた時は荒れていて、港であって港じゃないような状況であったが、彼は今後の可能性については期待を寄せていたので、すぐに動きだしたのだろう。

……ただ、それとは別に最近ちょっと気になることがある。

「オーリン先生、まもなく船が到着します！」

「前回よりもたくさんの補給物資が手に入りそうですね！」

「ああ、そうだな」

職人たちも俺のことを先生と呼び始めている。

年下の若者ならまだ分からなくもないが、なぜか年上のベテランさんまでも先生呼びが定着していた。まあ、教師でなく賢者という立場ならそう呼ばれるのもおかしくはないと思う——いや、おかしいのか？

ともかく、周りがそれでいいなら、特に俺から注文をつけるつもりはない。

これからも俺はラウシュ島の先生でいよう。

そうこうしているうちに船が港へと到着。すぐに船乗りたちが降りてきて作業を開始し、職人たちもそれを手伝いに入る。

しばらくすると、バンフォードさんや船長と思われる男性がやってくる。

「やあ、お久しぶりです」

「バンフォードさん！」

「今回はゼオスにまで足を運ばれたようで、精力的に活動されていますな。王都中の話題になっていますよ」

「いろいろありましてね」

その話はもう広まっているのか。

ロレッタを誘うのにかなり遠回りしてしまったが、最終的にこうして一緒に島へ来られたんだからよしとしよう。

さて、バンフォードさんとの会話にひと区切りがつくと、続いてやってきたのは顎髭をたっぷりと蓄えた貫禄十分の中年男性だった。身なりからして、彼が船長だろう。前にここへ来た船長とは別の人だ。

「初めまして、船長のゴメスです」

「調査団団長を務めます、オーリンです」

「噂には聞いていましたが、まさかここまで立派な港だったとは驚きです」

「そう言っていただけると職人たちも喜びます」

軽くお辞儀をして握手をすると、ゴメス船長は目を細めながら島を見つめる。

「まさかこの足でラウシュ島の土を踏むことになるとは」

「ゴメス船長もエストラーダの出身なんですか？」

「えぇ、生まれも育ちもエストラーダです」

ならば、このラウシュ島は生まれた頃からずっと眺めてきた地。俺がここへ来るまでは災いを呼ぶ島と畏怖され、漁師さえも近づこうとしなかった禁忌《きんき》の島だ。それがこうして平和的に足を踏み入れるようになり、ちょっとした感動に包まれているらしい。

「どうですか、ラウシュ島は」

「——あっ！　も、申し訳ない」

無意識に浸っていたゴメス船長はハッと我に返って頭を下げる。カークやバリーたちも最初はラウシュ島に来たというだけでちょっと感動していたし、ゴメス船長は彼らよりもずっと長い間ここの存在を気にかけていたわけだからな。そういう反応にもなるよ。

気持ちを切り替えるように、ゴメス船長は「ゴホン」と咳払いを挟んでから船員たちに積荷を島へ運ぶよう命じた。

ここから拠点の村までは近い位置にあるので、荷車を使ってもらおう。今は人力だが、近いうちに農場の一角に牧場をつくり、そこで運搬用の家畜も育てていきたいな。

ゴメス船長の話では、港が問題なく機能するなら定期便として利用すると言ってくれた。それならぜひとも家畜をと持ちかけようとした時、俺よりも先に農場を管理するリーダーとなったカークが動いた。

「あの、補給物資の中に家畜を加えていただきたいのですが」

「家畜となる動物ほどのサイズであれば、この船でも運搬に支障はない。問題はどうやって入手するかだな」

「でしたら、私が用意しましょう」

「い、いいんですか？」

「優良業者を知っていますので、お任せください。それで、どんな家畜をご所望で？」

家畜については商会のバンフォードさんが全面協力をしてくれることになった。ここまで手厚くしてくれる彼のためにも、しっかりと成果を出さなければいけないな。

盛り上がるバンフォードさんと農場組の横では、船員から積み荷を受け取った職人たちがそれらを村へ運ぶため行動を開始していた。

とりあえず、挨拶も終わったし、あとはターナーに任せて俺たちはダンジョンの方へと足を運ぶとしようか。

†

こうして、いよいよダンジョンに向けて出発した俺たち。

メンバーは俺とロレッタを加えた新生黄金世代にパトリシアとイムを加えた合計八人。

いつもならばここにクレールがいるのだが、今回は補給物資の整理をするため村でお留守番となった。

というわけで、戦闘面に一切の心配がいらない面子というだけあり、道中は非常にスムーズなものとなった。

たまに襲ってくるモンスターはパトリシアとイムのふたりが鍛錬の代わりとして相手をしてあっさりと蹴散らしていく。

「少々物足りませんね」

「それだけあたしたちが強くなっているってことだよ」

「だといいのですが」

もはやこのふたりの実力は島のモンスターでは手に負えないレベルにまで達していた。もとからかなりの実力者であるが、最近ではさらに磨きがかかっている。師としては弟子の成長を素直に喜べる。

「強いなぁ、あのふたりは。冒険者になってもやっていけそうだ」

そんなふたりの戦いぶりを初めて見るロレッタは感心しきりだった。

冒険者の中にはふたりと年齢の近い若者もいるのだが、ほとんどが戦闘以外の採集や調査といったクエストをこなすため、あそこまで戦い慣れているのは凄いと絶賛していた。

「これも先生の教えの賜物《たまもの》ですね！」

「いやぁ、あのふたりは俺が教える前から――」

「さすがはロレッタ先輩ですね。まったくもってその通りです」

「です！」

こちらの話を遮《さえぎ》るように前に出てロレッタに訴えるふたり。まあ、師として悪い気はしないんだけど、実際は持っているポテンシャルも高いからね。俺はそれをうまく引き出させるようにちょっとアドバイスを送った程度だ。

パトリシアとイムの成長を黄金世代とともにほっこり眺めていたら、いつの間にかダンジョン近くまで到着。

「ここが例のダンジョンですね」

ロレッタは拳と拳をゴッゴッとぶつけて気合を入れながら、俺たちの発見したダンジョンの入り口前に立った。

「なるほど……こいつはなかなか骨のあるダンジョンのようですね」

「中に入っていないのに分かるのか？」

「ゼオスの町に腰を落ち着けるまで、世界中のさまざまなダンジョンで探索をしてきましたからね。こうして入口の前に立つだけで気配を感じるんです」

ジャクリーヌの探知魔法を使っているならまだしも、立っているだけでどんなダンジョンか分かるというのか。この辺は俺たちには分からない、冒険者特有の能力と言うべきかな。

ともかく、すでに内部がかなり広大であるという情報は探知魔法を通して得ている。それに加えて攻略難易度が高いとなったら、もう少し冒険者の数が必要だろう。

内部についてより詳しい意見を聞くため、実際にダンジョンへと足を踏み入れてチェックしてもらう。

こちらに関しては、俺たちも初めて入るんだよな。

最近はゼオスやグドルといった町の近辺にあるダンジョンへ入る機会があったが、中の様子はその辺りと比べて特に変わった様子はない。

「発光石が大量にあるおかげで明かりに関しては問題なさそうですね」

冒険者を生業にしているロレッタがまず注目するのはそこなのか。確かに、何も見えなくては話にならないから、この点はよかったと言えるな。

しばらく歩くと、目の前に川が現れた。

「ダンジョン内に川とは……」

「これは非常に助かりますよ！」

思わず言葉が出たブリッツだが、逆にロレッタの瞳は輝きが増していた。

「場合によってはダンジョン内部で数日を過ごしますからね。そこで肝心なのは水をキープすること――っと、念のため、こいつが飲み水として利用できるか確認をしておかなくては」

「でしたら、わたくしの魔法で」

ロレッタがお願いするよりも先に、ジャクリーヌが前に出て早速川の水質調査を始めた。

その結果、さまざまな情報が新たに発覚する。

「どうやら水源はあの山からのようですわね」

「山から？　だとしたら、このダンジョンはあの山の近くまで通じているのかもな」

嵐の影響で土砂崩れも起きているらしいからな。

ダンジョン内を通るので安全とは言えないが、今回のような非常時で道をふさがれた場合の別ルートとして用意しておくのも悪くない。

他にも、どのルートがどこへつながっているのか、全体のマップを作成できるような情報も欲しいところだ。

今回ロレッタにやってもらうのは、恐らく彼がこれまでに経験してきたダンジョン探索よりも難しいだろう。事前にそう伝えてはおいたが、調査しなければならない内容が次から次へと出てくる。これでは嫌気が差してくるのかもと心配していたが、当のロレッタはむしろ闘志をより強く燃やしていた。

「いいですねぇ……まさに未知の世界に挑む心境ですよ」

どうやら、俺の心配は杞憂に終わったらしい。

彼はこういう困難に出会うとあきらめるより燃え上がるタイプだったな。これについては他の黄金世代たちと同じ。だからこそ、みんなと気が合ったのだろうな。

ジャクリーヌの調査の結果、ダンジョンを流れる川に毒性は確認できず、生活用水として利用できることが判明。

すると、ロレッタはこの川辺を拠点とする計画を立てた。

拠点といえば、ダンジョン外にもそれを用意する必要がある。もともと規模が大きいというのは事前の調査で分かっていたが、ロレッタ曰く、ここにはまだまだ隠された秘密がありそうなので、宿屋やアイテムを仕入れられる店などを置いた村を作ろうという話になった。

本格的な調査は冒険者が集まってからにして、今は彼らが到着するまでの間にやれることを進めておこう。

村作りに関しては、以前ターナーたちが建ててくれた屋敷を中心にしたいという構想があった。

ただ、周囲は森で木々も多いため、少し伐採が必要になってくる。

ここから俺とパトリシアとイムの三人は別行動を予定していた。

目的地はパジル村。

理由は新しく村を作る件と、港が完成したので物資が手に入りやすくなったというふたつの知らせを伝えるためだ。

補給物資についても、例えば薬だったり緊急時の食料だったり、村の人たちの普段の生活を守りつつ、いざという事態の備えは必要だろうからな。まあ、あくまでも最終的な判断は村の人たちにしてもらうつもりではいるけど。

さらに周辺を調査するというロレッタやブリッツたちとはいったん別れ、パジル村を目指して出発する。

「だいぶこの辺りの地理には詳しくなってきたぞ」

地図を持ってきてはいるが、もう何度か足を運んでいるうちに「ここを進めばここへ出る」という道順が頭の中に入っていた。

広大な島の中で、今はまだ限れた場所にしか足を運んでいないため覚えるのにそこまで苦労しなかったが、いずれは島全体を自由気ままに歩き回れるようになりたいものだ。

パジル村へ到着すると、まず子どもたちが出迎えてくれた。

騒々しくなったことで村人たちも来訪に気づき、セルジさんが大慌てでやってくる。

「ど、どうかしたのか？」

「いや、ちょっといろいろと報告があって。村長さんはいますか？」

「村長ならいつものテントだ」

どうやら、俺たちが急にやってきて驚いたみたいだ。そう言われると、パジル村を訪れる際にはまずイムに伝言役を頼んでいたっけ。今回はそれをすっかり忘れていたよ。

それでも、村の人たちは快く迎え入れてくれた。

何度も訪問しているので今さらだけど、きちんと信頼関係は構築できているようでひと安心だ。

イムの祖母でもある村長のテントに入ると、すぐに港の話を持ち出した。

「大陸からの補給物資かい？」

「えぇ。何か必要な物があれば、こちらで調達してお届けしますが」

「特に困っていることはないからねぇ。シアノの病を治してもらってから、村の中で深刻な状態に陥った者もいないしのぅ。あんたの気持ちはありがたいが、今は大丈夫だね」

「何よりですよ」

困っていないというなら、それに越したことはない。

必要な時に声をかけてもらえればいいからな。

冒険者が増える件についても、俺や新しく加わった仲間たちがしっかりと統制を取るということですんなり了承を得られた。

パジル村の、特に若い世代の子たちはよく拠点に来て大陸側の情報を得ている。最近ではクレールが中心となってさまざまな知識を教えているようだ。

「学校、か」

そんな考えがふと脳裏によぎった。

今まさにクレールが島の子どもたちにとって先生そのもの。子どもたちが新しい知識を求めて耳を傾ける光景はギアディス王立学園で見てきたものとまったく同じであった。

王国の暴走によって、学園はどのように変わってしまったのだろうか。

ギアディス軍勢の情報はグローバーを通じて手に入るが、さすがに学園の様子までは伝わってこない。卒業生である彼も気にかけているようだが、知り得るのは難しいだろう。

一刻も早く現体制が崩れ、以前のような健全な国へと変わってもらいたいと切に願うばかりだ。

――って、話が逸れてしまったな。

ギアディスの事情はともかくとして、この島に学校を作るという試みは今後検討していきたいと思う。

パジル村の人たちが大陸側の情勢を知るいい機会になるし、知識は何かと役に立つからな。

知識だけでなく、イムのように高い身体能力を持つ子どもも少なくない。

王都に住む子たちと違い、こちらは常に過酷な環境下での生活を余儀なくされるため、自然とそうした力が身につくのだろう。

中には騎士団入りをして活躍する者もいるかもしれないし、もしかしたら魔法使いとしての才能に秀でた者もいるかもしれない。可能性は無限大なのだ。

俺はその件についても村長と話をし、今後の状況にもよるが、近いうちに詳しい話を持っていきたいと伝えた。

村長やセルジさんも前向きに考えてくれているようだ。

用件を済ませてテントから出ると、暗くなる前に拠点の村へ戻ろうと挨拶を済ませてからすぐに村をあとにした。

帰り道を行く間、その学校の話題があがる。

特に、王立学園を中退という不完全燃焼な扱いになってしまったパトリシアは興味津々のようだ。

「王立学園では最後まで学ぶことができませんでしたが、この島に学校ができたらそこを卒業して私の最終学歴としたいですね」

「島の学校が最終学歴か……君ならもっといい学園に編入できると思うけど？」

「大賢者であるオーリン先生がつくった学校ですよ？　これ以上の学び舎はありません」

相変わらず大袈裟だなぁ。

というか、そうなった場合、俺が校長になるのかな？

今は村の子どもたちをクレールが見ていてくれているが、本格的に運営するとなったらもっと教師の数も増やさないと。俺も現役復帰を視野に入れておかないといけないな。

一方、学園がどのような場所であるか知らないイムは期待に胸を膨らませていた。

パトリシアがあれだけ「素晴らしい！」と連呼していれば、嫌でもそういう考えに至ってしまうのは無理もないか。彼女の期待を裏切らないよう、立派な学校を作るようにしていかないといけない。

拠点の村にたどり着くと、クレールやカークたちが夕食の支度をしていた。

さらに、なぜかゴメス船長や船員たちの姿まで。ターナーから事情を聞くと、どうやら職人たちと意気投合したらしく、今日はここに一泊をして明日の朝に港へ帰るという。

なんとも自由というか……これぞ海の男って感じの豪快さだな。

俺としては黄金世代の五人がダンジョン近くに遠征しているので、その寂しさが紛れて大歓迎だが。

昨日はロレッタの歓迎会で盛り上がり、今日は港の開港記念で大宴会……あとで黄金世代のメンバーは参加できなかったと悔やみそうだな。

というか、騒いでばかりいるような気がしないでもないけど、めでたいことではあるからいいかな。

第20話　不審船

今回もまた宴会を途中で抜け出すと、自室へと戻ってきた。

呑みすぎて冷静な判断力を失う前に通信用水晶玉に魔力を注ぐと、話し相手であるグローバーへと呼びかける。

外では昨日同様に宴会が続いているのだが、今日は定期報告の日なので途中退席となった。

『お待たせしました、オーリン先生』

「いや、大丈夫だ。それよりも今日はいろいろと報告したいことがある」

『こちらもです』

どうやら、グローバー側かも俺に知らせたい話があるらしい。

まずは先にどうぞと譲られたので、ダンジョンの今後について伝えた。

「現在、新たにロレッタを加えた五人が調査のために乗り込んでいる」

『あの五人なら問題はないでしょうね』

俺も彼らについては心配していない。

何せ、ロレッタひとりだけで地底竜を倒すくらいの戦闘力があるのだ。

同等の力を秘めたブリッツとジャクリーヌに加えて、回復魔法を得意とするエリーゼや魔道具技師のウェンデルがサポートをする。もはや死角らしい死角はどこにもない布陣だ。

続いて行われたグローバー側からの報告は、そのダンジョンに絡めた内容だった。

『今日一日だけでかなりの数の冒険者がラウシュ島のダンジョン探索に加わりたいと王都を訪ねてきました。そのほとんどがゼオスから来ているようです』

「ロレッタ効果だな。しかし、そんなにごっそり抜けてしまってはゼオスも大変だろう」

『それについては調整しているみたいですよ。向こうにいるギャレットという人物が冒険者たちを仕切っているようです』

「ギャレットが……」

妊娠した奥さんとの生活を大切にしようと冒険者を引退して鍛冶職人となったギャレットさんだが、かつての仲間であるロレッタのために頑張ってくれているようだ。

『集まったのは選び抜かれた者たちのようで、戦闘面での練度は高く、こういっては失礼なのですが、とても礼儀正しくてビックリしましたよ』

偽ロレッタの件があったせいで、俺たちがゼオスを訪れた時にはかなりピリピリとして荒っぽい印象だったが、落ち着きを取り戻したおかげで冷静な対応ができるようになったみたいだな。ロレッタもきっと喜ぶだろう。

『彼らの入国に関する諸々の手続きなどで島に渡るのはもう少し先になりそうです』

「分かった。俺からロレッタに伝えておく。彼のことだから、訪ねてくれた冒険者たちを直接迎えに行きたがるだろうな」

『こちらとしても、顔馴染みであるロレッタに来てもらえるのは助かりますね。それともう一点、港についてなのですが』

グローバーの話題は開港したばかりの港へと移った。

『ゴメス船長がそちらに滞在すると使者を寄越してきて……相当気に入っているようですね』

「ま、まあ、そうだな」

宴会で大騒ぎしているというのは彼の名誉のためにも黙っておくか。

『それはさておき、今後は定期的に物資輸送を行っていきたいのですが、それと合わせて港の規模拡大も進めていただければと思いまして』

「港の規模拡大か……ターナーたちも、同じようなことを言っていたな」

完成の際、ターナーは拡大の余地があると語っていた。

どうやらゴメス船長も同意見らしく、使者を介してグローバーへ報告したらしい。

『今のままでは停泊できる船の数が少ないですからね』

「それは俺も気になってはいたんだ。これは憶測にすぎないけど、先代国王は島への入植が完了してから取りかかろうとしていたんじゃないかな」

『なるほど。しばらくは試験的に運用していくつもりだったのかもしれませんね』

「最近は島に移り住む人も増えてきたし、ターナーと相談して少しずつでも規模は大きくしていこうと思う」

『よろしくお願いします』

追加で加入したクレールにカーク、バリー、リンダの騎士団の若手三人組。それから商人のドネルと魔法使いのルチア、さらにターナーをはじめとする職人たち。最近では新たにロレッタも加わり、彼を慕う冒険者たちが移住を希望するのは間違いない状況だ。

となると、まだまだラウシュ島は賑わいを増す。

パジル村に住む、いわゆる現地の人たちとの交流も積極的に取り入れ、入植がスムーズになるよう努力しなければならないだろう。

あと、俺は島での学校運営についても話しておいた。

『いいじゃないですか！　島民との交流を持つきっかけにもなりますし、何よりオーリン先生がまた教鞭をとる……実に素晴らしい試みですよ！』

グローバーのテンションがめちゃくちゃ上がった。教師役は当面クレールにお任せしようと思うのだが、そこまで言われると俺もまたやりたくなってくる。

まあ、優先すべきは島の探索なので、頻繁にはできないのだろうけど。

「課題としては、教師の確保になると思う」

『確かにそうですね。こちらは冒険者以上に集めるのは難しそうです』

誰でもすぐになれる職業というわけじゃないからな。

ギアディスの王立学園だって、教師となるにはいくつもの試験を突破しなければいけなかったし。

この辺も今後はもう少し具体性を持たせていきたいところだ。

考え込んでいると、グローバーが何かを思い出したように手を叩きながら話しだす。

『それと、これは未確定情報なのでサラッと聞き流してもらって構わないのですが』

「なんだ？」

『最近、エストラーダ王国の海域に不審船が出没するようになったという報告を受けています』

「不審船？」

それはまた、穏やかな話じゃないな。

『今日ラウシュ島を訪れたゴメス船長が嵐の起きる前に海で明らかに漁船ではない船を目撃したと報告しています。港湾《こうわん》協会にも問い合わせてみましたが、今のところ有力な情報は得られていません』

「正体不明の不審船か……不気味だな」

以前、エストラーダ近くのデハートという国でギアディスとレゾンの連合軍と思われる者たちによる侵略行為があった。

あれ以降、特に目立った動きは見せていないものの、連中が新たなステップとして海上からの攻撃を模索している——そう考えられなくもない。

ただ、ギアディスに関しては舞踏会の件で痛い目を見ているはず。

それからあまり時間が経っていないのに、果たして仕掛けようとしてくるだろうか。

いや……そう簡単に対策を練られるとも思えない。黄金世代の凄さは世界中のどこよりも知っているはずだしな。

『島の近くでも目撃されていますから、お気をつけください』

「忠告ありがとう。早速、明日みんなに伝えるよ」

『分かりました。では、本日はこの辺りで』

「あぁ」

グローバーとの連絡を終えると、俺はカップに入ったコーヒーを飲み干す。

「ようやくいろいろと軌道に乗りはじめたところだというのに……このタイミングで厄介だな」

ため息を漏らし、カップを執務机の上に置く。

直後、ある物が目にとまった——以前、難破船の中で発見した硬貨だ。

「まさか……」

浮かび上がったもうひとつの可能性。

目撃されたという不審船はギアディスのものではなく、あの難破船の関係者ではないか。

難破船は普通の商船とは違った構造をしており、恐らく貴族や王族が乗っていたものだと想定される。

さすがに飛躍させすぎだとは思うが、なんだか嫌な予感がするんだよなぁ。

ギアディスであってもレゾンであっても、こちらからすれば迷惑この上ない。

嵐の接近にともなって撤退したのだろうから、ボチボチ次の動きを見せてきてもいいはずなんだよな。

明日にでもブリッツやパジル村へ行き、念のため伝えておくとしよう。

「……何も起きなければいいのだけど」

不安は拭いきれないが、あまり思いつめてもよろしくないな。

俺にはまだまだやらなければいけないことが残っている。

港の拡大に農場の充実化、さらには学校作りまで――それらを果たすまで、立ち止まるわけにはいかないのだ。

ふと視線を窓の外へやると、未だに熱気の冷めない宴会の様子が目に入った。

「賑やかだなぁ」

みんなが楽しそうに騒いでいるのを窓から眺めているうちに、なんだか体がうずうずしてきた。

慎重にならなくちゃいけない案件ではあるが、せめて今くらいはみんなと楽しむのを優先してもいいかな。

気がつくと俺は本能のままに詰め所を飛び出し、再び宴会場へと舞い戻る。

「あっ、オーリン先生！」

「どうしたんですか⁉」

イムとパトリシアは俺が戻ってきたことに最初こそ驚いていたが、すぐに笑顔になって腕を引っ張る。

「もっと楽しもうよ！」

「イムさんの言う通りです！」

「分かったよ。でも、明日に響かないようにしてくれよ」

「はい！」

「もちろん！」

元気よく返事をするふたりだけど、この調子だと朝起きるのが辛そうだな。

そのうち、恐らく補給物資の中に入っていたのであろう楽器を使って演奏し、それに合わせて歌いだしたり踊りだしたりと宴会はさらなる盛り上がりも見せる。

この地を訪れた当初は、本当に人を集められるかと内心不安だった。

ラウシュ島の謎を解くこと自体は前に話をもらった時から魅力を感じていたが、村作りから始まり、島民との交流など単なる調査だけにとどまらなくなってきた辺りから本当にやれるのかという疑問がつきまとうようになったな。

それでも、みんなの協力を得て今日までやってこられた。

きっと明日からもうまくやれるはずだ。

賑やかな宴会に身を置いていると、それまでの悩みが細かすぎるんじゃないかって思えてくるから不思議だ。

もちろん、だからといって気を緩めるつもりはない。それに、あまり根拠のない話というのは好きじゃないのだが、気負いすぎると失敗するっていうのは教訓として心に刻んであるので注意したいところだ。

賑わいを増す宴会を楽しみながら、俺はそんな風に考えるのだった。

異世界ゆるり紀行
子育てしながら冒険者します
1~15
水無月静琉
Minazuki Shizuru
シリーズ累計
110万部（電子含む）突破!!
2024年待望のTVアニメ化!
1~15巻
好評発売中!
コミックス
1~8巻
好評発売中!
子連れ冒険者ののんびりファンタジー!
神様のミスで命を落とし、転生した茅野巧。様々なスキルを授かり異世界に送られると、そこは魔物が蠢く森の中だった。タクミはその森で双子と思しき幼い男女の子供を発見し、アレン、エレナと名づけて保護する。アレンとエレナの成長を見守りながらの、のんびり冒険者生活がスタートする!
転生したら、双子を保護しました。
子連れ冒険者の異世界のんびりファンタジー!
転生したら、幼い双子を保護しました。
シリーズ累計15万部!!
◉各定価：1320円（10%税込）◉Illustration：やまかわ
◉漫画：みずなともみ B6判 ◉各定価：748円（10%税込）

Re:Monster
リ・モンスター
1～9・外伝
8.5
暗黒大陸編1～3
金斬児狐
Kanekiru Kogitsune
シリーズ累計
150万部
（電子含む）
突破!
TVアニメ化
決定!!
ネットで話題沸騰!
怪物転生
ファンタジー
最弱ゴブリンの下克上物語 大好評発売中!
コミカライズも大好評!
【小説】
1～9巻／外伝／8・5巻
◉各定価：1320円（10%税込）
◉illustration：ヤマーダ
新章
【小説】
1～3巻（以下続刊）
◉各定価：1320円（10%税込）
◉illustration：NAJI柳田
【漫画】
1～10巻（以下続刊）
◉各定価：748円（10%税込）
◉漫画：小早川ハルヨシ

author
akechi
転生皇女は冷酷皇帝陛下に溺愛されるが夢は冒険者です！
最強娘父《おやこ》爆誕!!
大賢者から転生したチート幼女が過保護パパと帝国をお掃除します！
アウラード大帝国の第四皇女アレクシア。母には愛されず、父には会ったことのない彼女は、実は大賢者の生まれ変わり！ 魔法と知恵とサバイバル精神で、冒険者を目指して自由を満喫していた。そんなある日、父である皇帝ルシアードが現れた！ 冷酷で名高い彼だったが、媚びへつらわないアレクシアに興味を持ち、自分の保護下へと置く。こうして始まった奇妙な"娘父生活"は事件と常に隣り合わせ!?　寝たきり令嬢を不味すぎる薬で回復させたり、極悪貴族のカツラを燃やしたり……最強幼女と冷酷皇帝の暴走ハートフルファンタジー、開幕！
◉定価：1320円（10%税込）　◉ISBN 978-4-434-33103-9　◉illustration：柴崎ありすけ

～子狼に
気に入られた男の
転移物語～
拾ったものは
大切に
しましょう
著 ぽん
PON
異世界で
狼と双子
拾いました。
アルファポリス
人気ランキング
第1位
※期間：2020年3月～4月

～子狼に気に入られた男の転移物語～
拾ったものは
大切に
しましょう
著 ぽん
アルファポリス
人気ランキング
第1位
異世界で
狼と双子
拾いました。
アルファポリス
ぼっちの狼と孤児の双子と一緒に幸せな冒険者生活を送ります！

この作品に対する皆様のご意見・ご感想をお待ちしております。

おハガキ・お手紙は以下の宛先にお送りください。

【宛先】

〒150-6008 東京都渋谷区恵比寿4-20-3 恵比寿ｶﾞｰﾃﾞﾝﾌﾟﾚｲｽﾀﾜｰ 8F
（株）アルファポリス　書籍感想係

メールフォームでのご意見・ご感想は右のＱＲコードから、
あるいは以下のワードで検索をかけてください。

アルファポリス　書籍の感想　検索

ご感想はこちらから

本書はWebサイト「アルファポリス」（https://www.alphapolis.co.jp/）に投稿されたものを、改稿、改題、加筆のうえ、書籍化したものです。

引退賢者《いんたいけんじゃ》はのんびり開拓生活《かいたくせいかつ》をおくりたい３

鈴木竜一（すずきりゅういち）

2023年12月31日初版発行

編集－田中森意・芦田尚
編集長－太田鉄平
発行者－梶本雄介
発行所－株式会社アルファポリス
〒150-6008 東京都渋谷区恵比寿4-20-3 恵比寿ｶﾞｰﾃﾞﾝﾌﾟﾚｲｽﾀﾜｰ8F
TEL 03-6277-1601（営業）　03-6277-1602（編集）
URL https://www.alphapolis.co.jp/
発売元－株式会社星雲社（共同出版社・流通責任出版社）
〒112-0005 東京都文京区水道1-3-30
TEL 03-3868-3275
装丁・本文イラスト－imoniii
装丁デザイン－AFTERGLOW
印刷－図書印刷株式会社

価格はカバーに表示されてあります。

落丁乱丁の場合はアルファポリスまでご連絡ください。

送料は小社負担でお取り替えします。


ISBN978-4-434-33109-1　C0093